D1751581

VERLAG ANTJE
KUNSTMANN

Yves Ravey

BRUDERLIEBE

Roman

Aus dem Französischen
von Angela Wicharz-Lindner

Verlag Antje Kunstmann

In der Nacht seiner Rückkehr fuhr ich auf die andere Seite der Schweizer Grenze, um meinen Bruder vom Bahnhof abzuholen. Als er mich sah, setzte Jerry seinen Koffer ab, um mich zu umarmen, heftig an sich zu drücken und mir zu sagen, dass er bereits eine gute halbe Stunde gewartet habe. Da wurde mir klar, dass sich seit seiner Abreise vor zwanzig Jahren nichts geändert hatte. Und sofort, trotz allem, was uns verband, unsere Kindheit, mein Vater und meine Mutter, kehrte die Anspannung zwischen uns zurück.

Egal, auf dem Bahnsteig lagen wir uns lange in den Armen. Als er seinen Griff lockerte, fragte er mich, ob ich immer noch bereit sei, die Tochter meines Chefs zu entführen, die meine Avancen ignorierte, und ich nickte.

Vom Bahnhof aus fuhren wir in Richtung Berge. Am Fuß der Pisten öffnete mir ein ehemaliger Skilehrerkollege die Tür zum Maschinenraum der Zahnradbahn, und Jerry konnte seine Sachen in einem Rucksack verstauen. Dann staffierte ich meinen Bruder aus. Der Skilehrer brachte den Koffer in einen Lagerraum und gab mir einen Zündschlüssel. Ich lud unsere Wanderausrüstung auf den Schlitten, und wir fuhren los, auf dem Schneescooter der Gesellschaft für mechanische Aufstiegshilfen der französischen Schweiz, bis zum Restaurant der Bergstation. Den letzten Abschnitt legten wir auf Skiern zurück.

Oben angekommen, wollte Jerry, dass wir uns ein Weilchen hinter der Endstation des Sessellifts unterstellten und ausruhten. Es begann zu schneien.

Ich wartete auf sein Zeichen, um die Abfahrt auf die andere Seite in Angriff zu nehmen. Jerry wollte jedoch der Erste sein, und ich ließ ihn vorbei, wobei ich ihm riet, die Skier nicht zu eng zu führen. Nach all den Jahren war er vielleicht etwas aus der Übung. Wir fuhren am Waldsaum entlang und dann über ein abschüssiges Schneefeld, um die nördliche, die französische Seite zu erreichen. Das Schneetreiben wurde dichter. Wir mussten uns daher zum Bergrücken hin orientieren. Jerry zog sich die Mütze über die Ohren. Anfangs sah ich seinen Rucksack, dann nichts mehr. Ich folgte seinen Spuren, aber man sah keine zwei Meter weit. Am Fuße des Hangs hörte ich Jerry husten und seine Stöcke gegen die Steine klicken; er befand sich also bereits im Schutz der Tannen.

Wir waren weit weg von der Piste. Ich fragte ihn, ob er den Weg kannte und weshalb er nicht nach rechts gefahren sei, statt uns über die Almhüttenseite zu führen? Das sind doch die Hütten, da unten, oder nicht, Jerry? Vielleicht sind wir nicht hoch genug aufgestiegen? Er antwortete, dass er den Grenzwächtern misstraue. Er hatte seine Fäustlinge ausgezogen. Bevor er sie wieder anzog, wühlte er in der Seitentasche seines Parkas. Laut Wettervorhersage wird es aufhören zu schneien, meinte er zu mir und wies auf das beleuchtete Display seines Mobiltelefons. Ich blickte auf die Anzeige. Ich sagte: Wir hätten schräg über das Schneefeld fahren können ...

Jerry zog ein Päckchen Zigaretten aus seiner Tasche. Ich wandte mich zu ihm.

Du wirst doch wohl hier nicht rauchen?

Und wieso nicht?

Weil niemand zu wissen braucht, dass wir hier sind, wirklich niemand.

Er zündete die Zigarette trotzdem an. Er sagte: Ich habe mehrere Winter in den Bergen Afghanistans verbracht. Ein

Feuer sieht man, da gebe ich dir recht, Max, aber nicht die Flamme eines Feuerzeugs.

Er hob den Kopf in Richtung Schneefeld. Es hatte aufgehört zu schneien. Man konnte den Mond sehen. Er sagte zu mir: Siehst du die Stangen …? Da oben …? Das ist die erste Etappe. Wir müssen unsere Kräfte einteilen. Er verstellte die Träger seines Rucksacks, wobei er mir Ratschläge gab und mit mir redete, als würde ich den Berg nicht besser kennen als er, als hätte ich nie als Pistenwart beim Sessellift gearbeitet und als wäre ich nie Skilehrer gewesen, bevor ich Buchhalter wurde. Offenbar fand er großen Gefallen daran, mir gegenüber wieder diesen Ton anzuschlagen, nach all den Jahren.

Der Schnee bedeckte die Oberkante meiner Schuhe. Ich knöpfte die Gamaschen zu. Jerry stieg bereits auf. Ich folgte ihm. In der Mitte der Schneefläche angekommen, inspizierte ich die am äußeren Rand stehenden Tannen. Jerry keuchte. Er zurrte den Hosensaum fester zu, indem er an der Schlaufe über den Schnallen seiner Schuhe zog. Er sagte: Wir liegen eine Stunde hinter dem Zeitplan, vielleicht sogar zwei. Es wird aber reichen. Ich antwortete, dass es nicht reichen würde, dass es nur funktionieren könne, wenn wir den Zeitplan einhielten. Uns blieben noch zwei Stunden, nicht mehr, nicht weniger. Er fügte hinzu: Weniger, Max. Er fragte mich, ob ich wieder zu Atem gekommen sei. Aber natürlich, antwortete ich, schließlich diskutieren wir ja schon seit zehn Minuten hier herum, mitten am Hang. Er betrachtete die Reihe der Tannen. Seiner Meinung nach musste man sich dem Waldrand nähern und dann scharf nach Norden abbiegen. Wir setzten unseren Aufstieg fort.

In der Nähe des Bergkamms erinnerte er mich daran, wie oft er die Grenze an dieser Stelle überquert habe und dass sich die Natur im Gebirge nicht ändere. Er sagte: Die große Tanne da unten, die stand da schon vor zwanzig Jahren, es ist immer noch derselbe Baum. Dann überquerten wir die letzte Flachstelle, ohne uns allzu sehr zu verausgaben. An der Tanne angekommen, blickte er nach unten, auf die Schneeverwehungen.

Dann fuhr er los, senkrecht auf die Piste zu, die Knie gebeugt, bevor er zum Schwung ansetzte. Ich folgte ihm mit hochgezogenen Skispitzen. Meine Bögen waren größer. Ich verlor seine Spur erneut und fand sie weiter unten wieder: Er wartete am Fuß eines Felsens auf mich, die Augenbrauen voller Reif. Dann fuhren wir die sanft abfallende Innenseite der Schlucht hinunter, dort, wo der Weg der Zöllner auf die Bergstation der Seilbahn traf. Jerry bog ab und fuhr an der Lichtung vorbei. Durch den Neuschnee. Ich sah das auf seinen Rucksack aufgenähte reflektierende Dreieck. Er bückte sich unter einem Zweig, vom Tiefschnee gebremst, bis er die ersten Eisplatten erreichte. Wir machten eine Pause vor dem runden Schild mit der Aufschrift: SCHWARZE PISTE. Es dämmerte.

Jerry nahm den ersten Abschnitt in Angriff. Auf dem Eis reihte er einen Schwung an den anderen. Ein paar Sekunden später sah ich ihn vor den Tannen, dann verschwand er in einer Klamm zwischen den Felswänden. Ich fuhr weiter. Rutschte ohne Probleme abwärts. Am Eingang der Klamm kam ich wegen eines Kantenfehlers von der Piste ab. Meine Schulter stieß an die Felswand. Gleichzeitig hörte ich meine Bindung klicken. Der Talski löste sich. Ich fiel in den Schnee und wartete, bis das Rutschen aufhörte und ich quer zum Hang auf dem Rücken lag, mit dem Kopf nach unten, und tastete nach meinem Ski. Ich fand ihn, aufgehalten von einem Baumstumpf. Ich schnallte ihn wieder an. Im Treppenschritt stieg ich ab, Schritt für Schritt. Mein Bruder sah mich zwischen den Baumstümpfen langsamer werden.

Hast du dir wehgetan, Max?

Nein.

Ich dachte schon, du seist gefallen.

Ich bin nicht gefallen! Ich bin von der Piste abgekommen.

In Ordnung, Max, du bist von der Piste abgekommen.

Über den Wipfeln sah ich Rauch. Er sagte zu mir: Wir sind genau oberhalb des Sägewerks.

Zwischen den Felsen rutschten wir den Hang hinab. Unten wollte Jerry wissen, ob der Lieferwagen auch wirklich an der vorgesehenen Stelle stand. Ich nickte und fragte ihn, ob der Plan seiner Meinung nach gelingen könne. Er seufzte: Es ist zu spät, um sich darüber Gedanken zu machen.

Ich weiß, Jerry. Du, du stellst dir keine Fragen.

Von der Rückseite des Sägewerks aus sah man die Talstation des Sessellifts. Und weiter südlich die Lichter der Häuser.

Ich schnallte die Skier ab. Jerry auch. Er schlang die Schlaufen seiner Stöcke um die Handgelenke und schulterte die Skier. Also, wo steht der Wagen?

Etwa zweihundert Meter von hier, Jerry.

Wir liefen über den Asphalt, mit offenen Schnallen, schlurfend. Jerrys Schuhe schlugen hart auf den Boden.

Der Ford Transit stand auf der Rückseite eines Schuppens an der ersten Kreuzung hinter dem Sägewerk. Ich holte die Schlüssel aus der Tasche und öffnete die Tür. Dann hielt ich meinem Bruder ein Paar Stadtschuhe hin.

Zu Hause kontrollierte Jerry als Erstes das Zimmer unserer Eltern und billigte mein Arrangement. Er ließ es sich jedoch nicht nehmen nachzuprüfen, ob alles in Ordnung war, ob ich auch keinen Fehler gemacht hatte.

Später, nach einem hastig in der Küche hinuntergeschlungenen Frühstück, holte er seine Zigaretten heraus. Doch seine Finger zitterten. Er hatte Schwierigkeiten, den Filter zu greifen. Ich sah, dass er Schüttelfrost hatte. Schweigend räumte ich den Tisch ab. Wieder schüttelte es ihn.

Gib mir bitte mal den Rucksack rüber, Max.

Aus einer Außentasche holte er ein Medikamentenröhrchen. Er öffnete es und nahm zwei Tabletten heraus, die er ohne Wasser schluckte, wobei er mir sagte, das sei ein Mittel gegen Malariaanfälle.

Ich ging in den Keller, um Holz für den Boiler zu holen. Als ich zurückkam, hörte ich ein metallisches Klicken. Als ich die Waffe in seiner Hand sah, tat ich einen Satz.

Mit dem Rücken zur Wand blieb ich stehen. Er sagte: Desert Eagle. Kaliber .50 Magnum. Israelisches Fabrikat. Er trat ans Fenster, um den Feldweg und seine Umgebung zu inspizieren, bevor er die Waffe seitlich einsteckte, unter den Pullover. Er wandte sich zu mir um. Ich sagte jedoch nichts.

Pünktlich um sieben Uhr zwanzig, auf die Minute genau, lenkte ich den Ford vom Hof, und wir fuhren auf die andere Seite der Stadt. Ich hielt am Kreuzungspunkt von Skipisten und Sägewerk. Dann parkte ich den Lieferwagen an der Straße, vor Blicken geschützt hinter einem Holzstoß.

Es war gerade hell geworden. Jerry klopfte mehrmals an die Windschutzscheibe. Ich sah sein Gesicht. Ich war wohl einen Moment lang am Steuer eingedöst. Ich öffnete die Tür, stieg aus und lief draußen ein bisschen herum. Als ich zurückkam, erwartete Jerry mich am Rand der Böschung. Er gab mir letzte Anweisungen. Ich setzte mich wieder ans Steuer und rangierte den Ford. Parallel zur Straße, aber immer noch hinter dem Holzstapel. Dann gab er mir ein Zeichen. Ich ließ die Scheibe auf der Fahrerseite herunter.

Er sagte: Mach das Licht aus.

Ich blickte auf die Häuser am Fuß der Berge. Nicht ein einziges Licht.

Da unten schlafen alle.

Er drehte sich Richtung Sägewerk. Weiter hinten, vor dem Skilift, sah man das Chalet von Salomon Pourcelot, meinem Chef.

Gleich muss sie kommen, sagte ich.

Ich startete den Motor wieder und stellte die Heizung an, wobei ich den Hebel bis zum Anschlag schob.

Er sagte zu mir: Mach den Motor aus.

Mir ist kalt.

Mach den Motor aus. Und lass das Fenster offen.

Was ist denn schon dabei, Jerry!

Dreh bitte den Schlüssel um.

Ich stellte den Motor ab. Wir warteten. Er schoss auf einen Kiesel.

Wird sie allein sein? Bist du sicher?

Sie ist immer allein. Nur manchmal ist Sauvonnet dabei. Aber heute nicht.

Woher weißt du das?

Er hat Nachtschicht.

Mein Bruder trat aus dem Schatten. Er kam näher ...

Wo ist die Schnur?

Ich öffnete das Handschuhfach.

Keine Schnur. Klebeband.

Es sollte Schnur sein ...

Er holte die Waffe hervor. Er wechselte sie von einer Hand in die andere.

Wo hast du das Teil her, Jerry?

Das geht dich nichts an.

Hast du vor, sie zu benutzen?

Schweigen. Ich schaute anderswohin.

Ich werde nichts mehr zu der Waffe sagen.

Worüber willst du dann sprechen, Max?

Du hattest mir versprochen zu schreiben ...

Daran erinnere ich mich nicht.

Du hattest es versprochen.

Und wenn schon, jetzt bin ich hier. Das ist doch besser als ein Brief, oder?

Und da unten, hast du dort eine Familie? Eine Frau? Kinder?

Weshalb sagst du das?

Ich frage mich ...

Hör auf, dir Fragen zu stellen.

Du hast also eine Frau und Kinder, nicht wahr, Jerry? Ich habe mich nicht geirrt?

Keine Frau, kein Kind.

Er schärfte mir ein, die Landstraße neben dem Chalet im Auge zu behalten. Ich sah Scheinwerferlicht. Jerry streifte die Kapuzenmütze über und überquerte die Straße in Höhe des Stoppschilds. Ich startete den Motor und zog ebenfalls eine Kapuzenmütze über. Im Rückspiegel wurden die Scheinwerfer sichtbar. Samanthas Renault Clio. Ich machte Jerry, der sich hinter einer Reklametafel postiert hatte, ein Zeichen. Auf meiner Höhe wurde das Auto langsamer. Es hielt am Stoppschild.

Jerry kam hinter der Reklametafel hervor und ging über die Straße. Er öffnete die Fahrertür des Clio. Sein Oberkörper verschwand im Innenraum. Der Motor wurde abgewürgt. Ich manövrierte den Lieferwagen an der weißen Linie am Straßenrand entlang. Samanthas Schreie drangen an mein Ohr. Er zog sie an den Haaren aus dem Auto, sie wehrte sich. Ich stieg aus. Ich öffnete die Schiebetür des Ford.

Jetzt hatte er Samantha an sich gepresst und hielt ihr den Mund zu. Sie hörte nicht auf zu zappeln, da versetzte er ihr einen Schlag. Er stieß sie in den Ford. Samantha fiel auf den Pappkarton, der auf dem Boden lag, Jerry folgte ihr. Ohne ein Wort. Sie wehrte sich immer noch. Er nahm sie in den Haltegriff, doch sie stieß noch einen Schrei aus. Ich schloss die Schiebetür. Ich setzte den Clio an den Straßenrand. Ich stieg wieder in den Ford.

Wir fuhren drei Kilometer. Hinter mir rumorte es. Ich stoppte den Transit und zog an der Schiebetür. Samantha lag auf der Seite, ein Klebeband über dem Mund, die Hände auf dem Rücken gefesselt. Er saß neben ihr, auf dem Karton. Er stieg aus. Er streifte die Kapuzenmütze ab, um die frische Morgenluft zu atmen.

Samantha kam wieder zu Bewusstsein. Als Erstes betrachtete sie die Tapete im Zimmer meiner Eltern, dann sah sie etwas Verschwommenes im Gegenlicht: die Silhouette meines Bruders. Sie fragte, wo sie sich befände und was sie auf diesem Bett mache.

Jerry stand mit dem Rücken zu ihr vor dem Fenster. Er schaute in den Hinterhof. Sie wollte aufstehen, aber sie konnte den rechten Fuß nicht bewegen, deshalb stützte sie sich auf die Nackenrolle und sah das Klebeband um ihren Knöchel. Sie zappelte. Mein Bruder sagte ihr, ohne sich umzudrehen, sie solle sich beruhigen. Dann nichts mehr. Sie blickte sich noch einmal um und ließ sich dann auf den Rücken fallen.

Jerry fragte, ob sie Durst habe. Keine Antwort. Er ging zum anderen Fenster hinüber, wobei er mit der Hand hinter den geschlossenen Vorhängen herfuhr, um die Position des Fensterriegels zu prüfen. Er befand, dass Samantha einen gesunden Schlaf habe. Sei zwei Stunden warte er darauf, dass sie wach würde. Sie stöhnte.

Sie heißen doch Samantha?, fragte er sie.

Sie sagte Ja.

Kurz darauf stellte er noch eine Frage: Ob sie wisse, weshalb sie auf diesem Bett lag, in diesem Zimmer?

Nein, sie wisse es nicht. Sie sagte nur: Ich möchte, dass man mich freilässt.

Er blieb am Fenster, die Hände in den Taschen. Sie würde sich daran gewöhnen, das sei nicht so schwer. Aber vielleicht benötige sie etwas. Samantha stützte sich auf die Ellbogen. Medikamente, ja, gegen die Übelkeit. Jerry erklärte, er sei kein Apotheker. Sie fügte hinzu, sie wolle wissen, was sie in diesem Zimmer mache.

Später, antwortete er.

Ich öffnete die Tür und tat einen Schritt ins Zimmer. Sie zuckte zurück, als sie meine Kapuzenmütze sah. Ich stellte eine Tasse Tee auf den Stuhl neben dem Bett und pflanzte mich mit verschränkten Armen vor der Tür auf. Sie fragte, ob diese Tasse für sie sei. Mein Bruder schaute nach wie vor durch die Vorhänge. Er sagte: Keine Panik. Und auch keine Fragen ... Sie wollte sich auf ihrer Matratze umdrehen, aber das ging nicht, wegen des Klebebands um ihren Knöchel. Jerry fuhr fort: Je weniger sie wisse, desto besser ... Ihr bliebe nichts anderes übrig, als auf ihn zu vertrauen, und auf Gott. Sie fragte, welchen Gott.

Er hob einen Vorhangzipfel an.

Ihren ... Ich will Ihnen einen Rat geben. Danach können Sie Ihren Tee trinken: Bleiben Sie ruhig. Wenn Sie schreien, bekommen Sie Ärger ...

Sie senkte die Lider. Es war, als hörte sie auf zu atmen.

… In ein paar Stunden sind Sie frei. Dann werden Sie nichts mehr von uns hören. Sagen Sie Ja.

Ja.

Er ließ den Vorhang wieder fallen.

Trinken Sie.

Sie richtete sich auf und nahm die Teetasse mit einer Hand vom Stuhl. Sie führte sie an die Lippen.

Jerry sprach weiter: Hinter dieser Tür ist ein Badezimmer.

Sie fragte, ob der Typ mit der Mütze die ganze Zeit da bliebe. Er antwortete nicht. Er griff nach seinem Mobiltelefon. Ein paar Schritte, im Gegenlicht. Er hielt es ihr hin.

Sehen Sie dieses Handy? Sie werden Ihren Vater anrufen.

Sie hob den Blick zu ihm, schluckte und setzte die Tasse ab.

Ihr Vater, das ist doch Salomon Pourcelot, nicht wahr?

Samanthas Lippen zitterten. Er sagte noch einmal, sie möge sich beruhigen. Sie würde ihren Vater anrufen. Am anderen Ende der Leitung wäre nie jemand anders als ihr Vater, und solange sie am Leben sei … Jerry beendete seinen Satz nicht. Er blieb im Gegenlicht. Mit dem Rücken zum Fenster. Er hielt ihr das Handy vor die Nase. Sie betrachtete es, ohne es zu nehmen, wobei sie heftig atmete, und fragte, was er damit meine: Solange sie am Leben sei.

Solange Sie lebendig sind.

Sie drehte ihr Gesicht vom Telefon weg: Was sie ihrem Vater sagen solle?

Was Ihnen in den Sinn kommt.

Er gab die Nummer ein, langsam, als benutze er das Telefon zum ersten Mal. Dann drückte er auf die Freisprechtaste und aktivierte den Lautsprecher. Man hörte es klingeln. Dann wurde abgehoben: Hallo? Sie fragte: Bist du das, Papa? Die Stimme antwortete: Samantha?

Sie sagte Ja. Das war alles. Ohne dass Jerry irgendeine Anweisung gegeben hätte.

Pourcelots Stimme: Liebling, du bist nicht allein ...

Sie blickt zu Jerry hoch, der nickte: Sie konnte weiterreden. Sie sagte daher: Papa, ich verstehe nicht.

Pourcelot fragte sie, wo sie sei. Sie sagte: In einem Zimmer ...

Jerry riss ihr das Telefon aus der Hand und unterbrach die Verbindung.

Sie schlug die Hände vors Gesicht. Er bedrohte sie. Sie nahm die Hände wieder weg. Er drückte auf Wahlwiederholung. Sofort wurde abgehoben.

Hallo, Monsieur Pourcelot?

Pourcelot wollte wissen, mit wem er es zu tun habe.

Jerry fragte, ob er ihn wohl für naiv halte ... Dann: Möchten Sie Ihre Tochter wiedersehen?

Pourcelot beschimpfte ihn als Drecksack.

Nun mal langsam ...

Was wollen Sie?

Eine halbe Million. Samantha sitzt mir immer noch gegenüber. Sie hat Kopfweh ...

Die Stimme am anderen Ende sagte: Lassen Sie mir etwas Zeit.

Drei Stunden.

Sie verdammter Drecksack, sagte die Stimme.

Jerrys Mund berührte das Telefon.

Hören Sie gut zu, Monsieur Pourcelot. Ich bin bereit, Sie anständig zu behandeln. Aber ich kann Sie auch ohne Weiteres in die Hölle schicken, Sie und Ihre Tochter.

Er legte auf. Er steckte das Telefon wieder in seine Jackentasche, dann wies er mit dem Kinn auf die Badezimmertür.

Bei seinem zweiten Besuch postierte sich mein Bruder an derselben Stelle, mit dem Rücken zum Fenster. Samantha war im Badezimmer. Er wartete, bis sie fertig war. Er teilte ihr mit: Heute Abend ist es so weit. Sie verlangte frische Kleidung. Er antwortete ihr, das sei überflüssig. Wenn ihr Vater Wort hielte, bräuchte sie die Nacht nicht hier zu verbringen. Er verschränkte die Arme und fügte hinzu, dass ihr die Bluse, die sie anhabe, übrigens sehr gut stehe.

Sie wandte sich ab.

Das ist ein Kleid, keine Bluse.

Sie ging wieder ins Bad. Sie beugte sich zum Spiegel, um ihr Haarband zu richten. Sie sagte, wie sie sich anziehe, sei ihre Sache. Da schleifte er sie zum Bett und fixierte sie wieder, wobei er ihr noch einmal sagte, sie solle froh sein, dass er ihr nicht auch die Augen verbunden habe. Dann verließ er das Zimmer und schloss die Tür ab, bevor er zu mir in die Küche kam.

Es kotzt mich an, seufzte er.

Warum sagst du das, Jerry?

Diese Frau ...

Was soll das heißen, diese Frau ... Also, sag schon, weshalb kotzt es dich an?

Ihr ganze Art ... Für wen hält die sich?

Wenn du mich fragst, so bist du einfach nicht mehr gewohnt, mit Leuten umzugehen.

Was soll das heißen, ich bin das nicht mehr gewohnt? Wie meinst du das, Max? Willst du mir etwa Vorwürfe machen ...?

Ich meine gar nichts, Jerry ...

Ich weiß nicht, ich habe den Eindruck, dass du nicht sagst, was du denkst.

Ich denke nichts. Gar nichts. Und mehr sage ich nicht dazu. Außer, dass ich jetzt gern wüsste, wie du aus der Stadt kommen willst.

Du wärst mich also gern los? Schon? Dann sage ich dir: mit dem Auto ...

Wirst du abgeholt?

Ich hab's schon ein paar Mal gesagt: keine Fragen, Max.

Was machst du mit all dem Geld?

Es ist nicht für mich.

Für wen denn?

Für die Organisation.

Und über die Organisation darf ich nicht mehr erfahren? Auch wenn ich mir deswegen Sorgen mache?

Du brauchst es nicht zu wissen, Max. Dass du dir meinetwegen Sorgen machst, freut mich. Aber das ist nicht nötig.

Die Schlüssel des Ford Transit hingen an dem Nagel neben der Tür. Ich nahm sie und ließ den Ring des Schlüsselbunds um den Zeigefinger kreisen.

Ich fahr los, Jerry.

Nein, Max.

Und warum nicht?

Wie kommst du normalerweise zur Arbeit?

Mit dem Fahrrad. Aber heute ...

Gerade heute. Du fährst los wie immer, mit dem Rad. Du wirst doch kein Risiko eingehen ... Wenn du deine Gewohnheiten änderst, fällst du auf.

Ich glaube nicht.

Wer sagt dir denn, dass Pourcelot nicht die Polizei angerufen hat?

Er mag die Polizei nicht.

Was weißt du denn schon davon ...?

Ich antwortete nicht. Mein Fahrrad stand in der Garage, an die Tür gelehnt. Ich ging hinaus und überquerte den Hof. Jerry stellte sich mir in den Weg. Er wollte seinerseits wissen, was ich mit dem Geld machen würde.

Ich bringe alles in die Schweiz.

Er fragte mich, ob ich wisse, wie gefährlich es war, zweihundertfünfzigtausend Euro über die Grenze zu schaffen.

Ach Jerry, du hast gar nichts kapiert. Natürlich schaffe ich es nicht sofort über die Grenze. Ich werde die Scheine erst mal vergraben. Und dann warten. Man muss warten können ...

Er fragte mich, ob ich manchmal zu Papas Grab ginge.

Ich tat, als hätte ich nichts gehört.

… Ich werde sie in der Schreinerei vergraben, hinter der Hobelbank. Später hole ich sie mir dann. Dann fahre ich in die Schweiz, jawohl, Jerry.

Du hast meine Frage nicht beantwortet, Max.

Du bist doch wohl nicht gekommen, um mich das zu fragen, oder …? Ja, ich gehe zum Grab. Ich nehme Blumen mit. Und wenn du es genau wissen willst: Mama kommt jedesmal mit. Ich hole sie im Altersheim ab. Wir fahren mit dem Taxi. Sie erkennt weder die Straße noch den Friedhof, aber das macht nichts. Zuerst gehen wir zum Blumenhändler. Immer demselben. Mama sucht aus. Ich lege einen Strauß in deinem Namen und einen in meinem Namen aufs Grab. Bitte sehr …, Monsieur Jerry ist bis in alle Einzelheiten informiert.

Findest du das gut, Max?

Dazu sage ich lieber nichts.

Oh, rede nur, Max. Tu dir keinen Zwang an.

Ich stieß die Tür auf und holte das Fahrrad aus der Garage. Mein Bruder kontrollierte, ob sich nichts Verräterisches in den Satteltaschen befand.

Da gibt's nichts zu sehen, sagte ich zu ihm.

Man weiß nie, Max.

Er wühlte weiter. Ein paar Lappen, eine leere Öldose, meine Aktentasche. Das regte mich auf.

In diesen Taschen befindet sich absolut nichts Besonderes, meine Güte, Jerry! Also hör auf zu wühlen! Wovor hast du Angst? Dass ich eine Pumpgun darin vergessen haben könnte? Du weißt genau, dass ich so was nicht besitze.

Er fing an zu lachen.

Man weiß nie. Könnte ja sein, dass du Eigeninitiative entwickelt hast.

Für wen hältst du mich?

Ich kenne dich nur zu gut, Max. Du warst schon immer so. Du wird dich nie ändern. Ich weiß es.

Ich ließ den Lenker los. Das Rad kippte. Ich packte es am Sattel.

Das Pourcelot-Werk. Clotilde erwartete mich an der Tür zum Sekretariat. Mit einem Fuß auf dem Pedal stehend, schwang ich das andere Bein im Weiterrollen über den Rahmen meines Rades und stieg während der Fahrt ab, bevor ich den Griff der Hinterradbremse losließ. Im Freilauf durchquerte das Rad die Fräserei.

Der Chef wolle mich sehen. Ich setzte Clotilde davon in Kenntnis, dass ich zuerst mit dem Meister der Tiefziehabteilung sprechen müsse. Sie sagte Nein. Ich erwiderte, es sei dringend. Ich holte die Diebstahlsicherung heraus und zog das Kabel um den Pfosten vor dem metallenen Rolltor der Werkstatt. Der Chef erschien. Er fragte mich, wie lange ich noch brauchen würde, zu ihm zu kommen. Ich ließ den Schlüssel des Fahrradschlosses in die Tasche gleiten und folgte ihm in sein Büro mit den getäfelten Wänden, die zugestellt waren mit Regalen voller Maschinenteile. Er umrundete seinen Ledersessel und setzte sich, dann bat er Clotilde, uns bitte allein zu lassen. Clotilde ging hinaus. Pourcelot nahm hinter seinem Schreibtisch Platz, faltete zunächst die Hände vor seinem Gesicht und schloss die Augen, als sei sonst niemand anwesend. Ich wartete. Ohne ein Wort zu sagen. Nach einer Weile fragte er mich, ob ich auch nur die leiseste Ahnung hätte, weshalb ich hier sei. Ich wandte den Kopf. Durch die Scheibe sah ich Clotilde, die in der Kälte eine Zigarette rauchte. Sie blickte zu uns herüber. Ich fragte den Chef, ob es wegen der Sekretärin sei und ob das Problem mit dem Lieferschein für Rumänien geregelt sei.

Es geht nicht um das Problem mit dem Lieferschein, Max.

Ich dachte an den Gabelstapler, der tags zuvor kaputtgegangen war.

Dann ist es der Fenwick?

Vergiss den Fenwick. Der ist zur Reparatur.

Ich wies mit dem Finger aufs Fenster. Clotilde stand noch immer da draußen.

Kann sie vielleicht wieder reinkommen? Laut Radio sind es minus fünf.

Er antwortete nicht. Er schaute mich an. Sah mir direkt in die Augen. Er erklärte, er wende sich an seinen Buchhalter, der seit zweiundzwanzig Jahren treue Dienste leiste, nicht an eine Sozialarbeiterin.

Ich sage: Ja, Monsieur Pourcelot.

Ich habe dir immer vertraut, Max.

Ich weiß nicht, worauf Sie hinauswollen, Chef, und verstehe nicht im mindesten, was Sie mir sagen wollen. Ich weiß, dass ich das Problem mit der Garantie für den Fenwick bis heute Morgen elf Uhr regeln muss. Dafür muss ich aber erst mit dem Mechaniker sprechen und dann mit dem Meister.

Die Tür ging auf. Schneeflocken wirbelten ins Büro. Clotilde sagte, sie wolle nur ihre Weste holen. Pourcelot bedeutete ihr, sich solle sich beeilen.

Ich fuhr fort: Wenn ich Ihnen weiterhelfen kann, gern, Chef.

Ich drehte mich zu Clotilde um. Ich sagte, dass der Ölofen im Umkleideraum des Personals an sei. Sie zog die Weste über, ohne mir Beachtung zu schenken. Ich sagte nochmals, dass der Ofen an sei. Clotilde zog den Mantel über die Jacke. Pourcelot ignorierte sie weiterhin. Sie ging hinaus. Er legte die Hände wieder an die Stirn. Ich fragte, was denn los sei. Er fragte mich seinerseits, ob ich den Mund halten könne. Ich nickte. Er hätte mir außerordentlich ernste Dinge mitzuteilen. Sein Stuhl machte eine halbe Drehung, sodass Pourcelot den Tresor vor sich hatte. Er beugte sich vor, um die Zahlenkombination einzugeben. Ich hörte das Klicken, als sich die Schlösser entriegelten. Die Tür des Tresors öffnete sich. Er fragte mich, ob ich in der Lage sei, die im Tresor befindliche Summe Bargeld zu schätzen. Ich überschlug das Ganze im Kopf. Ich sagte: Geben Sie mir etwas Zeit, Chef.

Hören Sie, Max, Sie werden mir doch nicht weismachen wollen, dass …

Nach vorsichtiger Schätzung mindestens zweihunderttausend.

Er lächelte.

Sollte eines Tages der Fiskus seine Nase da hineinstecken, könnte ich sagen, wenden Sie sich an meinen Buchhalter.

Ja, Chef.

Sehen Sie, das bereitet mir Probleme.

Was bereitet Ihnen Probleme?

Das Geld.

Ich verstehe nicht, inwieweit ich etwas damit zu tun habe.

Max, taucht dieser Betrag in Ihren Büchern auf?

Monsieur Pourcelot, vertrauen Sie mir nicht?

Ich brauche Bargeld. Ich erwarte eine Antwort. In einer Stunde.

Ich möchte nicht indiskret sein, aber so viel Geld wofür?

Das Spiel, Max.

Sie haben Schulden?

Kolossale. In einer Nacht habe ich mehr verloren, als Sie je verdienen werden.

Ich senkte den Kopf.

Ich verstehe, Chef.

Dieser Betrag reicht nicht aus. Ich brauche mindestens doppelt so viel, deshalb habe ich mich gefragt, ob Sie nicht ein neues Sollkonto aufmachen könnten, irgendeines, beispielsweise, indem sie die Lohnzahlung vorziehen. Danach würden Sie zur Bank gehen.

Eine solche Summe …? Einfach so …? Bei der Bank?

Sie sind doch mein Prokurist, oder etwa nicht?

Ich habe noch nie so viel Geld abgehoben ... Warum lassen Sie das nicht Ihre Tochter machen? Sie ist doch auch zeichnungsberechtigt. Oder Ihre Frau.

Wenn meine Frau das erfährt, Max, wenn meine Frau das dummerweise erfahren sollte!

Das Telefon klingelte. Der Stuhl kehrte in seine alte Position zurück. Pourcelot hob vor dem zweiten Klingeln ab. Er sagte nicht einmal Hallo. Ich stand auf und bedeutete ihm, dass ich in mein Büro gehen wolle. Er nahm einen Stift und machte mir ein Zeichen, mich wieder zu setzen. Er sagte Ja ... Dann noch einmal Ja ... Dann begann er auf seinen Notizblock zu schreiben, wobei er sagte: Ich habe das Geld ... Nein ... Ja ...

Dann notierte er unten auf das Blatt ein Wort in großen Druckbuchstaben, wobei er die Querstriche des E betonte. Dann eine Uhrzeit. Er wiederholte mehrmals: Sie haben mein Wort. Mehr sagte er nicht. Er legte auf und lockerte seinen Hemdkragen.

Ist es schlimm, Monsieur Pourcelot?

Nicht der Rede wert.

Wo ist es denn passiert?

Im Casino, wo soll so etwas Ihrer Meinung nach sonst passieren?

Sie spielen im Casino? Nachts? Bei dem Glatteis?

Er zog ein Taschentuch aus der Tasche und trocknete sich den Schädel ab.

Ich brauche Ihre Hilfe, Max.

Er holte die Hundert-Euro-Scheine aus dem Tresor und stapelte sie auf seinem Schreibtisch. Dann deutete er auf die Tür und wies mich an, sie abzuschließen. Außerdem sollte ich ihm den Aktenkoffer reichen, der in einer Ecke der metallenen Registratur stand. Dann die Scheine bündeln, mit Gummiringen versehen, das Ganze in einen Müllbeutel packen und dieses Geld zusammen mit der Summe, die ich heute Nachmittag bei der Bank bekäme, in den Aktenkoffer legen und mich bereithalten. Ich fragte ihn, wem er das ganze Geld geben wolle? Er antwortete, es seien mehrere Personen, es würde nach Feierabend stattfinden. Alles sei legal, es stünde nichts zu befürchten. Ich fragte ihn noch einmal, ob seine Tochter wisse, dass er ins Spielcasino ging. Er stand auf. Er durchquerte das Büro und nahm seinen Mantel von der Garderobe. Samantha wisse nichts. Niemand in der Familie wisse von seiner Spielsucht.

Auch Ihre Frau nicht?

Niemand, habe ich doch gesagt.

Vor dem Schalter stehend, überprüfte ich den Auszahlungsschein und unterschrieb ihn. Der Angestellte schaute auf die Summe. Er sagte: Einen Moment, bitte. Ein zweiter Angestellter kam aus seinem Büro. Er nahm die Brille ab. Er blickte mich an.

Zweihundertfünfzigtausend?

Ich sagte Ja. Schicksalsergeben.

Er hüstelte.

Sie brauchen Bargeld, Monsieur Max …?

Es ist Zahltag.

Sie sind früh dran, nicht wahr?

Ja.

Er fasste sich an den Krawattenknoten, ohne dessen Sitz zu korrigieren.

Sollten wir Ihnen diese Summe nicht mit dem Transporter schicken?

Sein Zeigefinger hielt auf dem Knoten inne.

Ja, aber Donnerstag … erst Donnerstag.

Er wandte sich an einen großen Blonden in hellem Anzug, der mir hinter der Scheibe ein Zeichen machte, das auf den ersten Blick freundschaftlich wirkte. Ich grüßte ihn mit einem Nicken. Er trat an den Schalter, um eine weitere Unterschrift von mir zu erbitten, Monsieur Max, bitte, den Finger auf ein leeres Feld am unteren Ende eines zweiten Vordrucks gelegt. Ich unterschrieb. Er nahm den Auszahlungsschein in die eine und das zweite Formular in die andere Hand, wobei er vor sich hinpfiff. Doch er konnte es sich nicht verkneifen: Sein Blick wanderte von einer Unterschrift zur anderen. Dann verschwand er mit beiden Dokumenten in einem der hinteren Büros. Er kehrte zurück.

Ich fragte: Hat Ihnen Monsieur Pourcelot gefaxt?

Der große Blonde bestätigte das. Stumm. Er tätigte einen Anruf. Er legte den Hörer wieder auf.

Bitte haben Sie ein Viertelstündchen Geduld.

Ich wartete vor dem Schalter. Er kam mit dem Kassierer zurück. Die beiden baten mich, ihnen zur Zentralkasse zu folgen. In dem gesicherten Raum öffnete ich den Koffer. Der Kassierer legte die Bündel mit den Scheinen im Wert von hundert, zweihundert und fünfhundert hinein. Was eine Weile dauerte. Von einem der Stapel nahm ich den erstbesten Schein, einen gelben. Ich hielt den Zweihunderter ans Licht, um das Changieren der Farbe zu betrachten, die von Lila zu Olivgrün wechselte. Das irritierte sie. Der große Blonde versteinerte geradezu, und der Kassierer sah ihn an. Dann fixierte er mich.

Monsieur Max hat kein Vertrauen mehr …?

Aber nein, ich vertraue Ihnen.

Er schloss den Koffer wieder und befestigte ihn mit einem Kettchen an meinem Handgelenk. Den Schlüssel legte er in einen Tresor. Ich grüßte, und der große Blonde öffnete mir die Tür.

Clotilde wartete in einem Kundendienstauto auf mich. Sie fragte mich, was ich auf der Bank gemacht habe. Ich wies auf den Koffer auf meinen Knien. Sie meinte, es sei wohl besser, wenn niemand im Werk diesen Koffer sähe.

Da haben Sie recht, Clotilde.

Mit vorwurfsvollem Blick fügte sie hinzu: Das könnte Neid erregen, Max.

Ich griff nun ebenfalls an meine Krawatte, in Höhe des Knotens.

Dem war nichts hinzuzufügen …

Sie fuhr los. Zweihundert Meter weiter zeigte ich auf einen Parkplatz vor einer Konditorei. Ich bat Clotilde, auszusteigen und Pralinen zu kaufen, eine Schachtel mit Geschenkpapier und vielen Schleifen. Ich ließ fünfhundert Euro aus meinem Portemonnaie in ihre Hand gleiten. Sie zerknitterte den Schein. Als mache sie dieses Geld nervös. Ich schloss die Augen, um dem Knistern des Scheins zwischen ihren Fingern zu lauschen. Das dauerte ein paar Sekunden. Ich fügte hinzu, dass sie auch in das Sportgeschäft gegenüber der Konditorei gehen und drei Sporttaschen kaufen solle.

Sie sah mich an: Was denn für Sporttaschen?

Sie sind bestellt. Auf meinen Namen. Es sind Fußballtaschen. Zweimal Olympique de Marseille und einmal Manchester United.

Sie wollte wissen, weshalb ich meine Einkäufe nicht selbst tätigte.

Damit?

Ich hob den Arm. Das Kettchen, das am Koffer befestigt war, kam zum Vorschein. Es blinkte in der Nachmittagssonne.

Im Werk wartete ich, bis Clotilde den Zweitschlüssel geholt hatte. Sie befreite mich und brachte den Schlüssel wieder zum Tresor. Ich begann die lila Fünfhunderter zu stapeln.

Sie fragte mich, wozu der Chef eine solche Summe bräuchte.

Keine Ahnung, Clotilde ... Ich räusperte mich. Hat er Ihnen nichts gesagt?

Sie zuckte die Achseln.

Mir? Sie machen wohl Witze, Monsieur Max.

Ich stellte den leeren Koffer an seinen Platz bei der Registratur zurück, neben dem Tresor.

Ich bat Clotilde, die Sporttaschen und die Pralinenschachtel hinter meinem Schreibtisch abzustellen. Dann wies ich sie an, ein Ries weißes Papier aus dem Sekretariat zu holen, es zu Blättern im Format acht auf sechzehn Zentimeter zurechtzuschneiden, diese zu Bündeln von je hundert Einheiten zusammenzulegen und mit den Banderolen der Bank zu versehen, sie auf dem Tisch aufzustapeln, in Zeitungspapier zu wickeln, zwei Pakete daraus zu machen und mit Klebestreifen zu fixieren. Anschließend sei das Ganze in Plastiktüten zu packen. Clotilde zählte zwei Ries ab. Sie holte die Papierschneidemaschine. Sie schnitt die jungfräulichen Bögen zurecht und stapelte sie auf dem Schreibtisch.

Ich fuhr fort: Mit den Euroscheinen aus dem Tresor verfahren Sie genauso und legen sie zusammen mit dem Geld von der Bank in den Koffer. Der Koffer kommt in den Tresor.

Ich ging hinaus, Richtung Pourcelots Büro. Das Zimmer war leer. Ich nahm sein Telefon und kontrollierte die Liste der empfangenen und getätigten Anrufe. Als ich zurückkam, war Clotilde noch mit Papierschneiden beschäftigt. Ich bat sie, die Stapel der formatierten Blätter in die untere Schublade ihres Aktenschranks zu legen. Ich hielt es für angebracht, ihr zu danken; ich sagte ihr, dass ich ihr diesen Gefallen vergelten wolle und sie am Abend anriefe. Sie warf einen besorgten Blick zu Pourcelots Büro hinüber.

Zu Hause kam Samantha aus dem Bad. Sie fragte Jerry, der gerade ins Zimmer getreten war, ob er etwas hätte, womit sie den Träger ihres Unterhemds flicken könnte. Jerry stellte das Serviertablett ab.

Er sagte: Essen Sie.

Samanthas Blick blieb an dem Apfel und den Keksen hängen. Sie erklärte, sie möge kein Gebäck.

Bis heute Abend gibt es nichts anderes.

Das da esse ich nicht, sagte sie noch einmal.

Jerry war es herzlich egal, ob sie die Kekse aß oder nicht. Oder den Apfel. Er stieß mit dem Tablett an die Wand; der Apfel kullerte über den Kunststoff und stabilisierte sich dann am Rand. Jerry begann zu fluchen. Er ging hinaus, um nach Nähzeug zu suchen.

Sie rief ihn zurück.

Was hat mein Vater Ihnen denn getan?

Nichts.

Er ging hinaus. Er schloss die Tür ab.

Fünf Minuten später kam er wieder. Er hielt ein zusammengefaltetes Briefchen von der Größe einer Streichholzschachtel in der Hand, darauf der Name des Sheraton-Hotels und der dunkle Aufdruck *sewing kit*. Er öffnete es vor

Samantha. Sie bat ihn, sie einen Augenblick allein zu lassen. Sie nahm eine Nadel und hellen Faden aus dem Nähset und ging ins Bad. Er stellte sich wie gewöhnlich mit dem Rücken zum Raum und verschränkten Armen vor das Fenster. Samantha öffnete die Badezimmertür. Sie trug immer noch ihr blaues Kleid, nur dass ihre linke Schulter jetzt entblößt war. Man konnte die karminrote Spitze ihres elfenbeinfarbenen Trägerhemds aus fließendem Stoff sehen. Auf ihrer Haut ringelte sich das gelockte Haar. Jerry zeigte keine Reaktion.

Sie können ihn auf dem Bett flicken, ihren Träger.

Sie stellte sich in den Türspalt, in das spärliche Licht, das durchs Fenster fiel. Sie machte einen Schritt nach vorn. Sie befeuchtete den Faden zwischen den Lippen, hob ihn dann vor die Augen. Sie versuchte mehrmals, ihn einzufädeln. Sie sagte: Man müsste die Vorhänge öffnen.

Als ich abends aus dem Werk nach Hause kam, stellte ich das Fahrrad an der Garagenwand ab und legte die drei Sporttaschen – Olympique de Marseille und Manchester United – in den Lieferwagen. Als er mich hörte, verließ Jerry das Zimmer und schloss es ab. Ich sah, dass er seinen Pullover ausgezogen hatte. Er legte das Briefchen mit dem Nähzeug auf den Küchentisch und ging dann wieder in das Zimmer. Ich hörte die beiden reden. Nach einem Umweg über draußen, um nachzusehen, ob alles in Ordnung war, und um das Tor zu schließen, kam er zurück. Dabei meinte er, ich sei ja ganz schön lange im Werk geblieben; dann sagte er mir, dass es Komplikationen gebe.

Was ist denn los, Jerry?

Sie will nicht zu ihrem Vater zurück.

Das ist ihre Sache.

Du verstehst nicht, Max. Sie weigert sich.

Wir werden keine Diskussionen dulden. Er nimmt seine Tochter zurück. Und wir sacken die Scheine ein.

Glaubst du das wirklich?

Wie, ob ich das glaube, Jerry? Natürlich. Wo ist sie denn überhaupt?

Im Badezimmer. Ich habe sie losgebunden.

Wie, du hast sie losgebunden?
Sie hat mich darum gebeten. Ich hab's gemacht.
Bist du komplett wahnsinnig geworden?
Sie ist krank.
Was hat sie denn?
Was weiß ich. Krank eben!
Und das hast du geglaubt?
Ich weiß nicht, wirklich. Ich bin nicht sicher.

Er ging wieder ins Zimmer. Ich räumte die Dinge, die Jerry auf der Tischdecke liegengelassen hatte, ab und legte alles aufs Büfett, sein Feststellmesser, seinen Kamm, das Tablettenröhrchen. Das Nähetui wendete ich ein paar Mal zwischen den Fingern hin und her. Schließlich steckte ich es ein. Dann deckte ich den Tisch, zog meine Anzugjacke aus und rief ihn zu Tisch.

Hoffentlich ist es bald vorbei, seufzte er, als er sich setzte.

Ich nahm eine Pfanne aus der Schublade unter dem Herd und warf ein Stück Butter hinein. Dann machte ich das Gas an. Die Butter fing an zu brutzeln. Jerry stützte die Ellbogen zu beiden Seiten des Tellers auf und fummelte mit einer Hand eine Scheibe Toastbrot aus der Folienverpackung, die vor ihm lag. Er führte das Brot zum Mund und biss ein Stück ab.

Vor Pourcelot muss man sich in Acht nehmen, erklärte er, bevor er zum zweiten Mal abbiss.

Wieso sagst du das, Jerry? Erst letzte Woche noch hast du am Telefon gesagt, alles wäre ganz einfach, das reinste Kinderspiel. Du hast sogar gesagt, du hättest noch nie eine so einfache Operation durchgeführt!

Als Erstes müssen wir uns vergewissern, dass Pourcelot allein kommt.

Ich nahm einen Karton Eier und in Plastik eingeschweißte Speckscheiben aus dem Kühlschrank. Jerry fiel ein, dass Mama uns am Samstagabend oft Eier gemacht hatte. Und dass es ihn freue, solche Eier mit mir zu essen.

Schon gut, Jerry, aber heute ist nicht Samstag, sondern Montag.

Er nahm sein Handy aus der Hemdtasche und legte es neben seinen Teller, zwischen Gabel und Toastscheibe. Er sagte mir, er würde den Zug nehmen und nicht das Auto.

Das ist mir völlig schnuppe, Jerry, ob du mit dem Zug oder dem Auto fährst. Eines wüsste ich allerdings gern – ich riss die Plastikverpackung auf und legte zwei Streifen Räucherspeck in die Pfanne. Dann schlug ich sechs Eier auf, wobei ich die leeren Schalen in eine der Zellulosewaben des Kartons stapelte –: Weshalb fährst du nicht mit dem Auto, wie geplant?

Ich hab mir's anders überlegt, das ist alles. Ich nehme den Zug.

Die Eier waren fast fertig. Ich stellte das Gas kleiner und pfefferte sie.

Geh doch dahin, wo der Pfeffer wächst, Max.

Das Fett spritzte aus der Pfanne. Ich band mir die Schürze um.

Weshalb machst du dir eigentlich so viele Gedanken, Jerry?

Ich mache mir keine Gedanken.

Doch, ich kenne dich. Du machst dir Gedanken.

Samantha hat gesagt, dass ihr Vater das Geld niemals rausrücken würde.

Das hat sie einfach so behauptet.

Gib mir was zu essen.

Hör mal, Jerry, entschuldige, wenn ich das Thema wechsle, aber ... du kommst doch so viel herum, da weißt du doch bestimmt, wie man es in den Vereinigten Staaten macht? In den Restaurants? Ich hab's im Internet gelesen. Du wirst gefragt, ob du den Dotter oben oder unten haben willst ... Also, wie willst du deine Eier?

Wie früher, als wir klein waren.

Ich trennte die Eier mit einem Holzspachtel. Ohne ein einziges Eigelb zu beschädigen. Ich streute Petersilie darauf.

Es ist gleich fertig, aber ich wiederhole meine Frage: Warum machst du dir so viele Gedanken?

Wegen dieser Frau.

Was hat sie dir denn getan?

Ich habe allmählich die Nase voll von ihr.

Ich fügte Grobsalz hinzu. Ich fragte ihn, ob drei Eier genug seien, gab dann an der Seite etwas Knoblauch und eine Scheibe Tomate dazu und behielt die Pfanne im Auge. Dann kam ich auf meine Frage zurück.

Was hat sie dir denn bloß getan, diese Dame?

Er antwortete nicht. Er nahm ein Stück Toastbrot, wobei er die Pfanne aus dem Augenwinkel betrachtete. Ich wiederholte meine Frage.

Sie hat dir doch hoffentlich nicht den Kopf verdreht, oder?

Keine Sorge.

Weshalb sagst du dann, dass du von ihr schon die Nase voll hast?

So habe ich das nicht gemeint. Ich hoffe einfach, dass es möglichst bald vorbei ist.

Ich drehte die Flamme aus und rüttelte die Pfanne, so sachte es eben ging, wegen der Dotter.

Es wird so oder so bald vorbei sein, Jerry, nicht wahr?

Du musst bedenken, Max, dass immer etwas dazwischenkommen kann …

Ich wollte ihm die Eier servieren. Sie blieben jedoch am Pfannenboden haften. Ich tauschte den hölzernen Spachtel gegen einen aus Metall und fuhr damit um das Eiweiß herum. Der knusprig gebackene Zackenrand löste sich vom Teflon. Die Eier glitten aus der Pfanne und landeten sanft auf dem Teller meines Bruders.

Klar kann immer etwas dazwischenkommen, wiederholte ich ... Aber du, Jerry, du lässt dich doch nicht so leicht beeindrucken. Außer wenn ...

Außer wenn was?

Außer wenn es ein Problem gibt, erwiderte ich.

Die Speckstreifen folgten.

Was willst du damit sagen?, fragte Jerry.

Dass heute Nachmittag zwischen euch vielleicht etwas vorgefallen ist. Ein Streit, eine Diskussion ...

Aber wer sagt denn, dass ich mit ihr diskutiert hätte?

Ich habe keine Ahnung, du warst ja zwanzig Jahr lang weg. Wie soll ich es dann wissen? Mit einer Frau wie Samantha diskutiert man doch gern, oder?

Max, bitte.

Ich stellte die Pfanne auf den Herdrost. Jerry nahm seine Gabel. Er schob den Speck an den Tellerrand und begann zu essen. Zuerst stach er die drei Dotter auf. Dann schnitt er das Eiweiß mit seinem Messer.

Ich knotete meine Schürze auf.

Ich dachte, du magst Speck? Früher konntest du nicht genug davon kriegen.

Er antwortete nicht. Ich hielt die Pfanne unter den Warmwasserhahn. Ich hörte, wie er das Eiweiß aufsaugte. Er sagte, er habe vor seinem Abflug in einem Best Western Hotel übernachtet. Die Spiegeleier in diesem Best Western seien nicht so köstlich gewesen wie meine. Er sagte weiter, der Koch habe sie vor seinen Augen gewendet, ohne die

Dotter zu beschädigen, und Curry sowie kleine gewürzte Zwiebelringe hinzugefügt, und dass es nicht dasselbe gewesen sei.

Womit gewürzt?

Keine Ahnung, womit.

Seine Hand tauchte in die Folienverpackung, er zog eine dritte Scheibe Toastbrot hervor und fragte mich, weshalb ich nicht äße. Da sagte ich, dass diesmal ich zu dem Mädchen ginge, und zog mir die Mütze über den Kopf. Er gab mir den Schlüssel. Samantha lag bäuchlings auf dem Bett. Sie schien zu schlafen. Ich schloss die Tür. Ich ging wieder in die Küche. Als ich hinter ihm vorbeiging, lachte mein Bruder auf, wobei er sich mit einer Papierserviette über die Lippen fuhr.

Du bist aber schnell wieder da, Max.

Warum hast du sie losgebunden, Jerry? Willst du es mir immer noch nicht sagen?

Er zuckte die Achseln und legte die Papierserviette hin.

Für dich stellt das doch kein Risiko dar, Max. Ob sie angebunden ist oder nicht.

Und weshalb stellt das für mich kein Risiko dar? Weil du zurückgekommen bist? Eines schönen Tages taucht der Herr auf und beschließt mir nichts, dir nichts, dass das für mich kein Risiko darstellt?

Jerry wandte sich mir zu, den Ellbogen auf der Stuhllehne.

Ich habe bloß gesagt, dass sie nicht zu ihrem Vater zurück will. Das macht aber keinen großen Unterschied.

Du bist nur kurz hier, Jerry, am besten hältst du dich also aus allem raus.

Aus was soll ich mich denn deiner Meinung nach raushalten?

Sag schon, weshalb hast du sie losgebunden? Sag's mir, damit ich weiß, warum sie nicht mehr gefesselt ist.

Sie ging mir auf die Nerven. Sie redete wie ein Wasserfall.

Du hättest sie knebeln können.

Ich habe daran gedacht, stell dir vor.

Und das ist alles? Sonst nichts?

Er wies auf den Kühlschrank. Ich habe immer noch Hunger. Ich würde gern noch etwas essen. Hast du vielleicht ein Stück Käse?

Ich habe gekochten Schinken, aber du isst ja kein Schweinefleisch mehr, wie ich sehe.

Ich holte eine Schachtel Schmelzkäse heraus. Er nahm davon. Er aß. Ohne mir zu antworten. Schließlich meinte er, es wäre bald so weit. Ich nahm meine Mütze von der Fensterbank. Ich streifte sie über und folgte ihm. Jerry zog seinen Pullover wieder an und öffnete die Tür. Er sagte Samantha, sie solle aufstehen. Diesmal zeigte er sich ganz offen und machte keinerlei Anstalten, sein Gesicht zu verhüllen. Ich zog ihn am Ärmel und bat ihn, mir in die Diele zu folgen.

Ich sagte leise: Weshalb vermummst du dich nicht mehr? So kann sie dich doch innerhalb kürzester Zeit identifizieren.

Das macht nichts, Max.

Das macht nichts, das macht nichts! Du Witzbold! Wenn sie eine Beschreibung von dir gibt, finden sie rasch heraus, dass du mein Bruder bist.

Wenn es für mich kein Problem ist, dann ist es auch für dich keins. Ich frage mich, wovor du Angst hast, Max.

In mir stieg eine Erinnerung an Jerry hoch. Die Wildlederjacke über der Schulter. Er war zwanzig. Bei Werkschluss stand er in der Hausmeisterei meines Gymnasiums. Ich war fünfzehn. Unter den Augen der Aufsicht unterschrieb mein Bruder im Namen meines Vaters die Ausgangserlaubnis. Dann fuhren wir alle beide in seinem Panhard fort. Wir aßen im Selbstbedienungsrestaurant von Oiseaux, dem Heim für junge Arbeiter im Norden der Stadt. Danach kehrte Jerry ins Werk zurück. Ich meinerseits zog durch das Warenhaus Les Nouvelles Galeries, kaufte auf dem Weg zur Schule beim Bäcker ein Kuchenstück und war zur Hausaufgabenbetreuung um siebzehn Uhr wieder zurück.

Ich fragte ihn, ob er sich daran erinnerte.

Ich erinnere mich an nichts, Max. Nur daran, dass wir jetzt los müssen.

Ich hielt ihm meine schwarzseidenen Unterziehhandschuhe hin.

Er schüttelte den Kopf. Mir ist nicht mehr kalt, Max. Danke.

Hör mal, Jerry, das sind meine Unterziehhandschuhe. Du gehst fort. Wenn wir uns verabschieden müssen, nimmst du sie mit. Dort, wo du hingehst, friert es nachts.

Er nahm die Handschuhe.

Danke, Max.

Ich hielt ihn am Arm zurück.

Eine Sekunde. Ich muss dir noch etwas sagen.

Wir haben keine Zeit mehr, Max.

Hör mir zu. Hör mir gut zu. Ich brauche nicht lange. Ich habe im Altersheim angerufen und den Direktor gefragt, ob Mama uns einen kleinen Besuch im Krankenwagen abstatten kann. Er hat gesagt, es sei unmöglich, ihr Zustand ließe es nicht zu ... Du kannst dir nicht vorstellen, wie enttäuscht ich bin. Ich hätte gern gehabt, dass du sie siehst. Ein letztes Mal.

Das macht nichts, Max, das macht nichts. Du redest mit ihr, du sagst ihr, wie es mir geht.

Mama spricht von dir. Oft ... Sie erinnert sich. Sie sagt, eines Tages wird mein kleiner Jerry wiederkommen ... Vielleicht hast du recht, es macht nichts. Ich werde ihr sagen, dass du fort musstest ... Ich zog meinen Parka über. Gehen wir, Jerry.

Er nahm seine Waffe und sagte zu mir: Ich muss dir auch etwas sagen, Max. Wenn etwas schiefgeht, kommt ein Freund. Ihm gibst du dann die Scheine.

Wie erkenne ich ihn?

Mehr gibt es dazu nicht zu sagen. Er wird kommen. Er wird das Geld nehmen.

Weshalb sollte etwas schiefgehen, Jerry?

Samantha wartete auf dem Bett sitzend, die Hände zwischen den Knien gefaltet. Mein Bruder trat ein. Federnden Schrittes ging er zu ihr. Ich blieb mit dem Rücken zur Tür stehen und rührte mich nicht. Sie blickte mich unverwandt an. Sie fragte Jerry, ob er mich nicht aus dem Zimmer schicken könnte. Er antwortete, dass sie keine Angst zu haben bräuchte. Samantha gab auf. Sie versuchte jedoch zu erraten, wem die Augen hinter dem Kapuzenschlitz gehörten. Ich dachte, sie könnte es vielleicht ahnen. Aber gleichzeitig war es unmöglich, mich zu erkennen. Mein Bruder setzte sich neben sie. Auch ihn blickte sie an. Anders als mich. Ich beobachtete Jerry. Seine Miene war ausdruckslos. Er sagte, dass wir nun gehen würden. Er fragte sie, ob sie noch etwas sagen wolle, beispielsweise über Pourcelot. Sie schwieg.

Ich trat zu Jerry. Ich murmelte ihm ins Ohr: Fessle sie. Er gab keine Antwort. Ich ging hinaus. Er folgte mir. Ich machte ihm ein Zeichen, die Tür abzuschließen und in die Diele zu kommen. Ich wiederholte, dass er es eines Tages bedauern würde, sich unvermummt gezeigt zu haben. Ich fragte ihn, wobei ich langsam weiterging, ob er sich auch wirklich der Gefahr bewusst sei, in die er uns bringe. Diesmal antwortete er flüsternd, jedoch ärgerlich:

Sie wird mich niemals wiedersehen.

In einer Stunde oder zwei wird sie deine Beschreibung abgeben müssen.

Hör auf zu denken, Max. Mensch! Gehen wir!

Ist das alles, was du dazu zu sagen hast?

Das ist der Lauf der Dinge. Das ist meine Antwort, Max.

Was, bitte schön!, ist der Lauf der Dinge?

Die Abfahrt des Zuges: 23 Uhr 34.

Wir hatten noch vier gemeinsame Stunden vor uns. Jerry versprach, dass er mich von einem Flughafen aus anrufen würde. Und dass er mich eines Tages … später einmal … zu einem Treffen einladen würde.

Das ist doch alles heiße Luft, Jerry, sagte ich. Du besteigst das Flugzeug, und weg bist du.

Ich nahm seine Hand. Ich legte sie auf meine Brust. Ich erinnerte ihn an Papas letzte Worte im Krankenhaus. Ich stand über sein Bett gebeugt, mein Ohr an seinem Mund. Er hatte gemurmelt: Vergiss deinen Bruder nicht, Max. Ob tot oder lebendig …

Wie kommst du dazu, mir in einem solchen Moment so etwas zu sagen, Max?

Das weißt du sehr gut, Jerry.

Mein Bruder blieb stehen. Er dachte nach. Er sagte zu mir: Hör mal, Max, das geht mir sehr nahe, du weißt sehr gut, dass es mir leid tut, dass ich nicht zu seinem Grab kann.

Wirklich?

Er streifte seine Mütze über. Er fragte mich, ob sie ihm stand. Ich fasste ihn bei der Schulter. Ich packte fest zu. Sie steht dir ausgezeichnet, Jerry. Hinter unseren Mützen verborgen, küssten wir uns zum Abschied. In Achselhöhe konnte ich die Desert Eagle unter seinem Pullover spüren. Er nahm seine Mütze ab. Er zog den Parka an und schaute wieder auf die Uhr. Er wiederholte, dass wir alle Vorsichtsmaßnahmen getroffen hätten und es gut gehen würde. Ich ging zurück durch die Diele. Ich erinnerte ihn daran, dass Samantha im ehemaligen Zimmer unserer Eltern eingeschlossen war. Und Jerry antwortete: Als wir die Tür heute morgen zum ersten Mal aufgemacht haben, war mir, als lägen Papa und Mama auf dem Bett.

Dann drehte ich den Schlüssel um und öffnete die Tür.

Diesmal stand Samantha vor dem Fenster mit den geschlossenen Läden. Jerry sagte: Wir werden ihr die Augen verbinden. Sie blickte in meine Richtung, wollte wissen, wer ich war. Ich rührte mich nicht, die Hand auf der Türklinke. Sie wandte den Kopf ab. Sie konnte jedoch nach wie vor mein Abbild im Spiegel des Kleiderschranks sehen. Sie hörte tatsächlich nicht auf, mich zu beobachten, falls es mir einfallen sollte, meine Mütze abzunehmen. Jerry fragte, ob sie fertig sei. Ich hätte ihn beinahe wieder in den Flur gerufen, um ihm vorzuschlagen, ob er sie nicht vielleicht lieber gleich freilassen und ihr den roten Teppich ausrollen wolle.

Samantha richtete sich auf. Sie kam auf mich zu. Ich ließ die Türklinke los, rührte mich immer noch nicht. Ihr Gesicht streifte meinen Parka, als Jerry ihr die Handgelenke fesselte. Dann verband er ihr die Augen mit einem Schal. Sie jammerte. Es täte ihr weh. Mein Bruder löste den Schalknoten, holte seine Desert Eagle heraus, um ihr zu zeigen, dass er keineswegs zu spaßen gedachte, knüpfte den Schal erneut fest, und sie gingen mir voraus durch den Flur.

Im Hof sagte ich mir, dass sie eines Tages vielleicht, begleitet von einem Ermittler, das Grundstück am Knirschen des Kieses unter unseren Füßen erkennen könnte. Vielleicht würde sie sich auch an das Quietschen des Metalltors erinnern, das mein Bruder wieder geschlossen hatte.

Jerry führte sie bis zum Ford Transit, der den Weg versperrte. Er öffnete die Seitentür und stieß sie rücksichtslos hinein, auf den Elektrogerätekarton. Sie fragte, wann das Ganze ein Ende hätte, und wiederholte, dass sie genug habe. Er sagte: Halt die Klappe. Sie schwieg. Mein Bruder entfernte sich vom Lieferwagen, um in der Küche sein Medikament mit einem Glas Wasser einzunehmen. Ich hörte Samantha röcheln. Es gelang ihr nicht, wieder zu Atem zu kommen. Deshalb ging ich meinem Bruder bis zur Dielenmitte entgegen. Ich sagte zu ihm: Sie ist kurz vorm Ersticken! Er stellte sein Glas auf die Spüle: Das ist jetzt nicht der Augenblick, um sich von dieser Sorte Mädchen erweichen zu lassen, Max.

Ich sage dir, sie erstickt. Sie hat Asthma.

Mach dir keinen Kopf.

Ich fragte ihn, ob das seine erste Entführung mit Lösegeldforderung sei. Er antwortete: In welchem Land? Das regte mich auf. Als ob es jetzt um das Land ginge ...

Er schlug den Kragen seines Parkas hoch. Das spielt doch keine Rolle, murmelte er, das Glück war von Anfang an auf unserer Seite. Wenn du nachrechnest, Max, wirst du feststellen, dass wir bisher nicht eine Minute vom Zeitplan abweichen. Alles paletti, Max.

Und ihr Asthmaanfall, ist der auch paletti?

Er lauschte an der Seite des Lieferwagens. Sie hustete nicht mehr.

Du hast einfach keine Ahnung. Das ist kein Asthmaanfall. Du bist Buchhalter, Max, kein Lungenspezialist.

Jerry erinnerte mich daran, dass ich, nachdem ich ihn am Bahnhof abgesetzt hätte, den Ford zur Mülldeponie fahren und in Brand stecken sollte. Er zeigte mir den Benzinkanister und einen Lappen. Das dauert höchstens zehn Sekunden. Er beugte sich in den Laderaum und schob Samantha zur Seite. Er griff entschlossen nach dem Lappen. Du tränkst ihn, lässt das Streichholz fallen und haust ab, aber dalli. Ich kenne keine bessere Methode. Dann musst du zusehen, wie du heimkommst, zu Fuß oder wie es dir beliebt.

Den Wagen, der im Département Bouches-du-Rhône zugelassen war, hatte ich am Vortag vom Parkplatz des Autozugterminals geholt, nachdem ein Typ in Jerrys Namen angerufen hatte.

Ich fragte meinen Bruder, ob der Ford auch wirklich in Ordnung wäre.

Jerry schaute auf die Uhr.

Wir müssen noch sieben Minuten totschlagen.

Ich wiederholte meine Frage.

Er war in der Inspektion. Mach dir keinen Kopf.

Ich wollte wissen, ob derjenige, der den Wagen geklaut hatte, auch den Anlasser kontrolliert habe, und falls ja, ob er sich auch den Lichtmaschinenregler angesehen habe, da dieses Teil bei Ford oft kaputtging.

Du bist zu ängstlich. Leerlauf bekommt dir nicht ...

Ich unterbrach ihn: Jerry, was ich gern wüsste, ist, ob es dir wirklich leidtut, dass du nicht zu Papas Grab gehen konntest.

Doch, es tut mir leid. Aber das ist eine Zeitfrage ...

Ich gab keine Antwort.

Später sagte er dann noch: Die Zeit ist auf deiner Seite, wenn du der Schnellere bist. Und wir sind die Schnelleren. Sobald wir das Geld haben, machen wir uns aus dem Staub. Ohne dass uns jemand sieht.

Mein Bruder ging um den Ford herum. Mechanisch trat er gegen die Zwillingsreifen der Hinterachse. Jeden einzelnen. Die Hände in den Hosentaschen.

Er sagte: Pourcelot ist unterwegs. Setz dich ans Steuer.

Ich dachte, du fährst, Jerry?

Setz dich ans Steuer.

Weshalb fährst du nicht?

Häng dich nicht an Nebensächlichkeiten auf.

Hältst du es für eine Nebensächlichkeit, wenn ich am Steuer sitze?

Es ist besser, wenn du fährst, Max, dann habe ich die Hände frei.

Ich setzte mich auf den Fahrersitz.

Er öffnete die Schiebetür des Ford und hievte sich ins

Wageninnere. Seine Stimme hallte. Er fragte, ob da drin alles in Ordnung sei. Ich stieg aus und ging rückwärts am Auto entlang. Ich werd dich lehren, sagte er, wobei er mit der Hand durch Samanthas Haare fuhr, dann über ihren Rücken, die Schultern, ihre Brust. Ich zog ihn an der Gürtelschlaufe aus dem Ford und begann, ihm die Halsschlagader zuzudrücken. Mit beiden Händen. Dabei schlug ich seinen Kopf gegen die Karosserie. Mit einem Kniestoß befreite er sich. Er rang nach Atem. Ich auch.

Mach das nicht noch einmal.

Ich wandte mich zu Samantha. Ich schloss die Schiebetür und streifte meine Mütze ab. Es wurde Zeit, dass Jerry die Fliege machte. Ich sagte das. Er stützte den Ellbogen auf den hinteren Kotflügel des Lieferwagens. Ich wartete einige Sekunden, bevor ich sprach.

Du hast dich heute Nachmittag bestimmt bestens mit ihr amüsiert, während ich im Werk war, was, Jerry?

Er lehnte sich mit dem Rücken an die Karosserie.

Halt die Klappe, Max.

Das werde ich nicht tun.

Er stürzte sich auf mich. Er packte mich bei der Parkakapuze. Mein Kopf knallte auf die Windschutzscheibe. Ich solle die Klappe halten, wiederholte er, und jedes Mal krachte mein Kopf gegen die Scheibe. Sie soll dich nicht hören, aber du, du quasselst einfach drauflos, sagte er mir ins Ohr. Ohne sein Tun zu unterbrechen.

Dich wird man kriegen, Jerry, nicht mich.

Er packte mich am Kragen.

Für mich ist das kein Risiko, für mich ist das Routine. In einer Stunde bin ich weg. Verstehst du …? Er ließ mich los. … Lass uns eines klarstellen. Dieses Mädel da drin, Max, interessiert mich nicht die Bohne.

Beweise es mir, dass sie dich nicht die Bohne interessiert.

Denk nicht immer an sie.

Ich rückte mir den Hemdkragen zurecht, klopfte meinen Parka ab und setzte mich ans Steuer.

Für die Entscheidungen bist du zuständig … Ich startete den Motor. Welche Richtung …?

Du fährst zum Sägewerk.

Auf die andere Seite der Stadt?

Auf die andere Seite, ja.

Das war nicht abgemacht. Wir hatten gesagt, Sandgrube.

Und was spricht gegen das Sägewerk?

Eine Sekunde, Jerry, ich habe das Licht im Klo vergessen.

Beeil dich.

Ich sprang aus dem Auto. Ich rannte ins Haus. Ich nahm das Telefon und wählte Clotildes Nummer. Es klingelte dreimal. Ich sagte: Heb ab, verdammt noch mal! Heb ab! Sie hob ab. Sie dachte, ich wolle sie ins Restaurant einladen, als Dankeschön. Ich sagte, nein, Clotilde, nicht heute Abend. Am Sonntag, ich versprech's dir. Sie antwortete, dass sie nicht ihr ganzes Leben lang auf mich warten würde. Du musst mir nur noch einen einzigen Gefallen tun, Clotilde. Ruf den Chef an. Sag ihm, du hättest einen anonymen Anruf bekommen. Eine fremde Stimme. Du sagst: Letzter Nachtzug nach Genf. Er weiß dann Bescheid. Mehr sagst du nicht. Sie ließ mich schwören wegen Sonntag. Ich schwor: Auf das Leben meiner Mutter. Also, wiederhole. Sie wiederholte: Letzter Nachtzug nach Genf. Ich sagte ihr, der Sonntag wäre gebongt.

Ich rannte zurück. Der Motor lief. Jerry betrachtete den Himmel.

Ich fuhr Richtung Sägewerk. Als wir beim Hauptgebäude anlangten, bat er mich, langsamer zu fahren, ohne stehenzubleiben. Ich sagte nein, wir haben gerade genug Zeit, um uns zu postieren. Doch er wollte die Örtlichkeiten inspizieren. Wir fuhren mit mäßiger Geschwindigkeit am hinteren Lager vorbei. Jerry sah sich die Umgebung genau an und bat mich anschließend, umzukehren und auf die Landstraße zu fahren. Von dort fuhr ich erneut zum Sägewerk, von der Rückseite aus. Der Lieferwagen kam längs der Bretterstapel unter der Laufkrankabine zum Stehen. Jerry öffnete die Tür. Ich fragte ihn, wo er hinwolle. Eine Runde drehen, nachschauen, wie es so aussieht, antwortete er.

Ich wartete am Steuer. Samantha wurde unruhig, machte dumpfe Geräusche, sicherlich trat sie mit den Absätzen gegen die Karosserie. Jerry erschien wieder. Nichts Außergewöhnliches, teilte er mit, niemand zu sehen. Pourcelot wird bald kommen. Er wird vor der Kabine halten. Er erwartet uns von rechts. Wir werden ihn uns von links vornehmen.

Motorengebrumm erfüllte die Nacht. Es kam nicht aus der Stadt. Ich fragte Jerry, ob er das normal finde. Er nickte.

Was für ein Auto hat er?

Einen Renault Vel Satis.

Versteck den Ford.

Ich fuhr zurück und stellte den Wagen in Startposition hinter ein paar Bretter. Jerry setzte sich wieder auf den Beifahrersitz. Er blickte mich an.

Es ist jedenfalls nicht die Polizei.

Woher willst du das wissen?

Still, Max.

Er hob den Zeigefinger. Das Motorengeräusch kam näher.

Der Vel Satis.

Er befahl mir, auszusteigen und nah bei der Schiebetür zu bleiben. Ich streifte meine Kapuzenmütze über.

Das Auto hielt auf der Höhe des Blockbandsägewagens vor dem Hauptgebäude. Ich erkannte die Silhouette von Salomon Pourcelot hinter dem Steuer, seine Kappe. Jerry hatte sich mit seiner Kapuzenmütze ins Scheinwerferlicht gestellt, um Pourcelot zu imponieren. Er machte mir mit der Hand ein Zeichen. Ich stieg also in den Ford und fasste

Samantha bei der Taille. Eine Tür schlug zu. Ich drückte sie an mich und stieß sie aus dem Ford. Wir blieben stehen, an ein Tannenholzbrett gepresst. Ihr war kalt. Sie murmelte etwas, was ich sie nicht zu wiederholen bat.

Mein Bruder stand zehn Meter vom Vel Satis entfernt, immer noch im Licht der Scheinwerfer. Er sagte zu Pourcelot, dass seine Tochter bei der geringsten verdächtigen Bewegung erschossen würde. Er ging ein paar Schritte rückwärts. Seine Hand verschwand unter dem Parka. Er zeigte seine Waffe im Scheinwerferlicht. Er machte mir ein Zeichen, näherzukommen.

Ich schob Samantha vorwärts. Sie zitterte. Pourcelot stieg aus seinem Auto. Er stellte sich an die offene Tür. Er hielt den Koffer mit ausgestreckten Armen vor sich. Mein Bruder sagte ihm, er solle tun, was er ihm befehlen würde. Punkt für Punkt. Samantha begann zu schreien. Ich stieß sie gegen die Bretter, um ihr mit der Hand den Mund zuzuhalten. Doch ich war zu hastig: Ich versetzte ihr einen Schlag. Mitten ins Gesicht.

Jerry blieb reglos vor dem Vel Satis stehen. Ohne jedes Anzeichen von Panik. Ich dachte, Samanthas Schreie werden ihn nicht aus der Ruhe bringen. Er sagte, indem er den Kopf Richtung Samantha wandte, dass dies eine erste Warnung sei.

Ich zeigte mich und ging weiter, bis ich auf seiner Höhe war. Mein Bruder bohrte Samantha den Lauf der Desert

Eagle in die Rippen. Er befahl ihr weiterzugehen. Pourcelot sah mich mit meiner Kapuzenmütze, als ich in das Lichtbündel trat. Jerry hielt mir die Waffe hin. Ich nahm sie. Er machte mir ein Zeichen, sie an Samanthas Schläfe zu halten. Dann sagte er noch einmal zu Pourcelot, dass bei der geringsten falschen Bewegung ... Pourcelot schloss die Tür. Er kam näher.

Er trug den Aktenkoffer vor dem Bauch, und Jerry befahl ihm, ihn zu öffnen. Pourcelot bückte sich vor dem Vel Satis. Er öffnete den Koffer und zeigte uns den Inhalt, Bündel von Geldscheinen. Mein Bruder sagte, er wolle das überprüfen. Dann forderte er ihn auf näherzukommen, und Pourcelot schloss den Koffer. Sie gingen aufeinander zu. Pourcelot setzte den Koffer auf dem Boden ab. Mein Bruder nahm ihn und ging weiter in Richtung Vel Satis. Er öffnete den Kofferraum, inspizierte dann den Fahrgastraum. Schließlich versuchte er die Dunkelheit mit seinem Blick zu durchdringen.

Pourcelot trat auf mich zu. Ich richtete die Waffe auf ihn. Mein Bruder sagte stopp! Er meinte mich. Aber ich war weiter auf der Hut. Jerry kam zurück. Er zog eine dünne Schnur aus seiner Tasche und band Pourcelot die Hände auf den Rücken, sorgfältig, ohne jede Eile, als handle es sich um ein Bündel Reisig.

Er schob die beiden ins Auto und befahl mir, die Scheine zu zählen. Anfangs zählte ich, dann begnügte ich mich damit, die Dicke der Bündel zu überprüfen, und machte ein Zeichen, dass alles in Ordnung sei. Dann nahm er den Benzinkanister hinten aus dem Ford und benetzte den Innenraum des Vel Satis. Er sah Pourcelot an. Bei der geringsten Bewegung von ihm oder seiner Tochter würden wir wiederkommen und das Auto abfackeln, mit ihnen beiden darin, und um unser Werk zu vollenden, würden wir sie sogar bis in die Hölle verfolgen. Er schloss sie im Vel Satis ein. Dann warf er die Schlüssel in eine Spurrille, während ich mich wieder ans Steuer setzte. Er wies mich an, loszufahren. Zügig, aber unter Beachtung sämtlicher Ampeln und Stoppschilder. Er meinte, das sei vielleicht das Schwierigste.

Auf der Straße zum Bahnhof waren wir die Einzigen. Bei der letzten roten Ampel begann es zu schneien. Ich betätigte den Scheibenwischer. Ich fuhr los und schaute in die Rückspiegel. Niemand. Jerry hatte sich entspannt. Er lächelte im Halbdunkel. Zum ersten Mal seit seiner Rückkehr.

Er schlug einen lockeren Ton an: Das Erste, was ich mache, wenn ich aus dem Flieger steige, ist, mir bei McDonald's einen Cheeseburger zu holen. Weißt du, wie man die da unten nennt? Double Curry Cheeseburger. Und weißt du, warum? Weil sie einheimische Produkte verwenden. Man nennt sie auch Hell Double Cheeseburger, weil sie höllisch scharf sind, und der Käse ist aus Büffelmilch und stammt aus dem Himalaja, jawohl, mein Herr. Sie werden mit Curry gewürzt. Und das schmeckt sehr gut. Genau betrachtet, wirst du da unten feststellen, dass der Typ, der da im Flughafen-McDonald's neben dir vor seinem Curryburger sitzt, noch so gern dort hocken mag, tja, aber er isst nicht, er rechnet ... Und weißt du, was er rechnet? Er rechnet aus, wie viel Mohn er im vergangenen Monat geerntet hat, in den Bergen ... Um zu wissen, wie viel Gramm Opium das macht ... Jerry prustete los. Kannst du dir das vorstellen, Max? Tausende Gramm Opium? Ich kann es noch immer nicht glauben ... Und doch ...!

Wir fuhren durch die Vororte.

Ich fragte ihn, ob er dort bleiben wolle, in Afghanistan. Er sagte, das entscheide nicht ich. Ich weiß nur eins: Ich werde in der Region bleiben. Aber vorher mache ich einen kleinen Umweg ...

Und wenn du aus dem Zug gestiegen bist, Jerry, wo nimmst du dann das Flugzeug? Stell keine Fragen, Max, antwortete er, ich, ich sag's noch einmal, zu deiner eigenen Sicherheit. Das könnte dir ganz schön Ärger einbringen, wenn du meine Route kennen würdest.

Er hob den Koffer und wog ihn in der Hand. Teilen wir?

Nicht jetzt, Jerry, wart noch einen Moment.

Ich wies zum Bahnhofsparkplatz hinüber. Ich sagte ihm auch, dass es vielleicht ein Fehler gewesen sei, Samantha und ihren Vater im Auto einzusperren. Er antwortete, dass er, wenn er allein gewesen wäre, den Vel Satis angezündet hätte.

Und die Pourcelots, wo hättest du die gelassen, Jerry?

Drin.

Vor dem Bahnhof bremste ich ab. Der Zug stand schon da. Jerry sah auf die Uhr. Ich fragte ihn, ob ich in die Tiefgarage fahren solle.

Du vergisst die Videoüberwachung, die Kameras ...

Ich rollte zur Einfahrt des Güterbahnhofs und fuhr

dann rückwärts bis ans Ende der Frachtlager hinter den Gebäuden der Eisenbahngesellschaft. Von dort aus konnten wir den Bahnsteig überblicken. Jerry erklärte, dass er nicht die Unterführung nehmen, sondern direkt über die Gleise gehen wolle. Und dann, tschüss! Er öffnete den Koffer, während ich die Schiebetür aufzog. Ich schaute auf den Bahnhof. Menschenleer. Jerry meinte jedoch, am Ende des Bahnsteigs, in Höhe des Triebwagens, befänden sich drei Männer mit Blousons und schwarzen Mützen. Er sagte, die drei da, das sind keine Reisenden. Er blickte mich von der Seite an.

Du hast doch mit niemandem gesprochen, Max?

Natürlich habe ich mit niemandem gesprochen.

Stell den Koffer ab und teile.

Ich teilte die Geldbündel in zwei Haufen. Zehn hübsche Stapel auf der einen und zehn hübsche Stapel auf der anderen Seite. Beide Male.

Mach voran, rief Jerry nervös, während er den Bahnsteig beobachtete.

Ich öffnete die Sporttaschen. Er legte seinen Anteil in die Tasche von Olympique de Marseille, ich den meinen in die von Manchester United. Den Koffer ließ ich im Lieferwagen. Er forderte mich auf, das Ende des Bahnsteigs im Auge zu behalten. Vor der Absperrung bückte er sich. Er rief meinen Namen und zeigte mir einen Mann, der über die Gleise ging. Ich erkannte Le Grec, den Chef der Zuschnittabteilung. Da sagte ich, dass wir ein Problem hätten. Gegenüber, auf der Seite des Hotels Ibis, erkannte ich die massige Figur von Damprichard, dem Meister der Tiefziehpressenabteilung, in seiner Perfecto-Jacke, und Sauvonnet, der im Mantel neben ihm stand. Jerrys Miene wurde starr. Er sagte, das sind die Leute von diesem Dreckskerl Pourcelot. Eine Gruppe von Arbeitern überquerte den gebührenpflichtigen Parkplatz. Le Grec gesellte sich raschen Schrittes zu ihnen. Jerry befahl mir, ohne sich zu bewegen, ohne den Bahnsteig aus den Augen zu lassen, mich ans Steuer zu setzen.

Wieso, Jerry?

Da stieß er mich zur Seite und setzte sich selbst auf den Fahrersitz. Ich fiel in eine Pfütze Diesel.

Bist du krank, Jerry?

Steig ein, Max!

Ich sah einen Lieferwagen der Firma Pourcelot Tiefziehtechnik in Zeitlupe vom Bahnhofsvorplatz wegfahren. Jerry drehte den Zündschlüssel um. Er ließ den Motor an. Der Ford fuhr mit ausgeschalteten Scheinwerfern über die mittlere Spur des Parkplatzes. Mein Bruder fragte mich, ob ich die Ecke kannte, die Straße auf der linken Seite. Ich sagte, ja, die kenne ich. Sie führt ins Stadtzentrum. Er korrigierte: Nicht die linke, die rechte. Der Ford machte ein Ausweichmanöver, wurde schneller. Jerry riss das Steuer herum. Der Wagen überquerte die Allee, durchbrach das Absperrgitter und schoss über eine Betoninsel. Es tat einen heftigen

Schlag. Ich dachte an die Ölwanne. Wir gerieten ins Schleudern und landeten auf der tiefer liegenden Straßenseite vor dem Hotel Ibis.

Wohin führt diese Straße?

Weiß ich nicht mehr ... Oder doch, ja, jetzt fällt's mir wieder ein ... Wenn du an der nächsten Kreuzung links abbiegst, zur Mülldeponie.

Er schaute in den Rückspiegel.

Hast du geplaudert?

Da erwiderte ich, er solle anhalten. Ich hätte nicht geplaudert. Er wollte wissen, ob ich nicht vielleicht mit Samantha darüber geredet hätte.

Mit Samantha hätte ich niemals darüber geredet, ich wüsste auch nicht, weshalb ausgerechnet mit ihr!

Er sagte, er fände es merkwürdig, dass sie nicht zu ihrem Vater zurückkehren wollte, einfach so, aus einer Laune heraus – dabei gestikulierte er eifrig, ohne die Straße aus den Augen zu verlieren. Dann fuhr er fort: Vielleicht hätte ich unbedacht einen Hinweis auf eine mögliche Aktion gegen Pourcelot gegeben. Oder vielleicht hätte sie, stutzig geworden, ihrem Vater gegenüber etwas verlauten lassen oder aber ich hätte, in einem Nebensatz, so Jerry weiter, die Aussicht erwähnt, zu Geld zu kommen, und bei Samantha hätte es klick gemacht?

Hör auf zu grübeln, Jerry!

Er verstummte.

Wir ließen den Ford vor der städtischen Mülldeponie stehen und nahmen die Sporttaschen. Ich sagte Jerry, dass ich nach seinem letzten Anruf vergangene Woche Papas altes Fahrrad hier versteckt hätte. Er fragte, ob ich vorgehabt hätte, mit dem Rad nach Hause zurückzukehren. Ich antwortete, ja. Während er den Kanister in den Innenraum des Fords leerte und dann ein Streichholz anriss, wollte er wissen, wie ich mir das jetzt vorstelle, mit einem zusätzlichen Passagier und zwei Sporttaschen.

Du hast Beine, Jerry.

Wir nahmen uns nicht die Zeit, die Flammen zu betrachten, weder den Wirbelsturm aus schwarzem Rauch noch die glühenden Partikel, die auf die Schneeschicht herabregneten.

Ich eröffnete den Marsch über die gefrorenen Felder, das Rad neben mir am Lenker führend, die beiden Taschen mit Spanngurten am Gepäckträger befestigt.

Ich brachte das Zimmer unserer Eltern in Ordnung. Ich rückte das Bett an seinen ursprünglichen Platz, auf der anderen Seite, zwischen den beiden Fenstern. Der Nachttisch kehrte zurück in das Chaos der Schreinerwerkstatt und wurde von mir sorgfältig mit Staub bedeckt. Die während Samanthas Aufenthalt vorübergehend im Keller zwischengelagerte Kommode stellte ich an die hintere Wand. Ich legte Filzlappen unter die vier Füße des Spiegelschranks und schob ihn mehr schlecht als recht an seinen Platz in der Abstellkammer neben der Küche. Zu guter Letzt entfernte ich den tragbaren Spiegel aus dem Bad und befestigte wieder den alten.

Jerry, der in der Küche saß, war der Meinung, dass wir schleunigst die Sporttaschen in Sicherheit bringen und dann im Haus ein sicheres Versteck für ihn finden müssten, wenn ich wieder zur Arbeit ginge. Ich brachte Olympique de Marseille und Manchester United also in das ehemalige Büro hinter der Schreinerei und verstaute die beiden Taschen unter der Klappe in der Grube, in der Papa während der Besatzung Gewehre und Munitionskisten der Freien Französischen Streitkräfte versteckt hatte.

Dann verkündete ich, dass ich einen Basmatireis kochen würde, falls meinem Bruder dieses Gericht zusagte. Jerry hätte egal was gegessen. Sein Handy klingelte. Er ging kurz in den Hof. Ich kochte Wasser, ließ den Inhalt einer Packung Reis hineinrieseln, tat Salz dazu, rührte um. Jerry kam wieder. Ich fragte ihn, während ich Fischkonserven aus dem Büfett nahm, ob seine Chefs die eingetretene Wendung vorhergesehen hätten. Er antwortete, es handle sich erstens nicht um seine Chefs, sondern um ein Netz von Schläfern. Und zweitens überlege er, die Dose fest im Blick, was man außer Makrelen in Weißwein noch essen könne. Ich antwortete, es seien Ölsardinen. Keine Makrelen. Bevor ich ihn daran erinnerte, dass seine Anwesenheit nicht vorgesehen gewesen sei. Eigentlich hätte er sich zu dieser Uhrzeit im Zug befinden müssen. Es hätte ihn außerdem nichts daran gehindert, sich von dem vielen Geld, das er bei sich hatte, am Bahnhof einen Hamburger zu kaufen, wo er doch so oft unterwegs war und bei McDonald's Hamburger aß. Ich kam noch einmal auf Pourcelots Männer zurück. Ich fragte ihn erneut, wie seine Kumpel vom Schläfernetz eine solche Situation einschätzen würden, da man seit dem Krieg, der schon Jahre zurücklag, nicht mehr so viele bewaffnete Männer auf dem Bahnsteig gesehen hatte.

Ich will dich ja nicht beleidigen, Jerry, aber man hat schon unauffälligere Fluchtversuche gesehen.

Er sagte, es passt mir nicht, wenn man in diesem Ton mit mir redet.

Du hast dich verrechnet, Jerry, wir stecken in der Klemme. Ab sofort sind sie uns auf den Fersen, und sei es nur anhand von Samanthas Informationen. Sie haben sie bestimmt befreit, sie und ihren Vater. Und vielleicht haben wir etwas im Sägewerk vergessen, ich weiß es nicht, einen Handschuh, einen Schal, ein Feuerzeug.

Er aß die letzten Ölsardinenbröckchen auf. Er wies darauf hin, dass er professionelle Arbeit geleistet habe und ein Profi niemals Spuren hinterlasse. Er verlangte nach dem Dosenöffner und öffnete die zweite Sardinenbüchse. Ich fragte ihn, ob er nicht etwas Frisches essen wolle. Er legte die Sardinen nacheinander in den tiefen Teller und zerquetschte sie dann mit der Gabel. Ich schöpfte ihm Reis auf, den er mit den Sardinen vermischte. Er begann zu essen, und ich bereitete einen Obstsalat zu: zwei Bananen, einen Granny-Smith-Apfel, eine Apfelsine.

Lärm war zu hören. Er kam von draußen. Jerry stürzte sich auf seinen Parka. Er holte die Waffe heraus. Ich sagte: Es ist nichts. Er legte die Desert Eagle auf den Tisch, neben seinen Teller. Ich ließ die Bemerkung fallen, dass er zu misstrauisch sei. Ich betonte: Wirklich, Jerry, du bist zu misstrauisch.

Habe ich nicht allen Grund, misstrauisch zu sein?

Lass mich dich eines fragen, Jerry: Wie kommt es, dass es dir trotz deines Misstrauens gelungen ist, um elf Uhr abends so viele Leute zu einem Bahnsteig zu locken? Es ging da ja zu wie beim Start der Tour de France.

Ich fürchtete, er würde sich verschlucken. Aber er blieb ruhig.

Wir kommen da schon raus, Max.

Ich hielt ihm den Topf hin. Er schob seinen Stuhl zurück.

Ich hab keinen Hunger mehr. Ich will nichts mehr von deinem Reis. Lass mich jetzt in Ruhe, ich muss nachdenken.

In Ordnung, du musst nachdenken. Aber weshalb sagst du: *Wir* kommen da schon raus und nicht *ich*? Zuerst hieß es doch, ich trüge kein Risiko. Und wie gesagt, du bist derjenige, der den Zug nehmen muss, nicht ich.

Die Tür hinter mir zuschlagend, verließ ich die Küche und legte mich im Zimmer meiner Eltern und Samanthas ein Stündchen hin.

Bei meiner Rückkehr ins Werk lief ich auf dem Weg ins Büro an den Dieseltanks unter dem Schutzdach für die Zapfsäulen entlang. Vor der Fahrzeuggrube reinigte ein syrischer Arbeiter den Innenraum des Vel Satis. Er bearbeitete das Leder der Sitze mit einem Schwamm. Der Lagerist, ebenfalls ein Syrer, der zwei Tage zuvor den Schaden am Fenwick-Gabelstapler verursacht hatte, stand zwischen zwei Sattelschleppern und spritzte die hintere Stoßstange mit einem Hochdruckstrahl ab. Ich winkte den beiden zu.

Mich erwartete eine Vorladung von Pourcelot. Ich öffnete die Tür zu seinem Büro und grüßte ihn. Er trug einen schokoladefarbenen Zweiteiler über einem himbeerfarbenen Rolli. Dann sah ich Damprichard in einem Pullover mit geometrischen Mustern – Schneekristalle – mit verschränkten Armen hinter Pourcelot stehen. Seine Perfecto-Jacke hatte er auf den Tresor gelegt. Während ich meinen Mantel auszog und über den Knien faltete, sagte ich, um meine Verspätung zu entschuldigen, ich hätte eine Auseinandersetzung mit dem Direktor des Altersheims gehabt. Ach ja?, sagte Damprichard. Ich erläuterte: Wegen meiner Mutter, die nach Hause gefahren werden müsse (Mama hatte einmal im Monat Anspruch auf Ausgang), abends aber wieder ins

Heim zurückzubringen sei. Pourcelot sah mich groß an. Damprichard auch. Ich gab ihm die Hand.

Hallo, Jean-Michel.

Mit einem Nicken erwiderte Damprichard meinen Gruß. Er sagte, dass meine Mutter jetzt nicht das Thema sei. Er fragte mich, ob ich Bescheid wisse. Ich fragte, in welcher Angelegenheit.

Du erstaunst mich, Max. Hier wissen alle Bescheid.

Ich sagte, dass ich nicht im Werk wohnen würde, und Damprichard fragte mich, wo ich die Nacht verbracht hätte.

Zu Hause ... in meinem Bett.

Pourcelot verwies auf das Vertrauen, das er mir stets entgegengebracht habe. Ich begriff rasch, dass diese Botschaft an Damprichard gerichtet war. Der Chef fixierte mich. Ohne mit der Wimper zu zucken. Ich erwiderte seinen Blick ebenso fest, um ihm zu verstehen zu geben, dass ich in Gegenwart des Tiefziehpressenmeisters das Casinogeld nicht erwähnen würde.

Damprichard fragte mich, seit wann ich als Buchhalter in der Firma arbeitete. Diese Frage bewies, dass er aufgestiegen war. Er war in den Kreis der Familie Pourcelot eingedrungen. Der Kreis der Familie Pourcelot bestand aus der Mutter, dem Vater, der Tochter und dem Onkel Notar. Noch am Vortag hätte es Damprichard niemals gewagt, eine solche Frage zu stellen. Das hieß auch, dass der Chef und er miteinander gesprochen hatten.

Ich antwortete: Zweiundzwanzig Jahre.

Pourcelot präzisierte noch einmal: Zweiundzwanzig Jahre gute und treue Dienste.

Samantha kam. Ich wandte mich nicht um. Sie setzte sich auf ihren angestammten Platz auf der anderen Seite des Zimmers, hinter ihren Direktionsassistentinnenschreibtisch. Sie wäre beinahe im Vel Satis verbrannt und wusste es nicht. Das Telefon klingelte. Pourcelot hob ab. Er sagte keinen Ton. Er legte wieder auf.

Es geht nicht um Spielschulden, Max, es geht um eine Entführung ... Er wies auf Samantha. Ich drehte mich um und grüßte sie.

Dann sah ich Pourcelot wieder an. Wie das, Chef?

Er wich meiner Frage aus: Diese beiden Typen, das sind sind keine Chorknaben, glaub mir, Max.

Samantha nahm ihren Mantel und wollte gehen. Als sie die Tür öffnete, war das Brummen eines Dieselmotors zu hören. Ich blickte hinaus. Es war Sauvonnet mit dem Fenwick. In einer Gitterbox auf der Palette Auspuffteile für die Zuschnittabteilung. Den Umstand, dass Sauvonnet den Sattelschlepper ablud, nahm ich zum Anlass, Pourcelot daran zu erinnern, dass ich zu tun hatte. Wobei ich hinzufügte, dass es mich freue, dass der Fenwick aus der Tiefziehabteilung repariert sei. Ich erhob mich. Sagte noch, dass ich die Formulare für die Arbeitslosenversicherung ausfüllen wolle. Damprichard befahl mir, mich wieder zu setzen.

Ich habe eine furchtbare Nacht verbracht, wiederholte Pourcelot. Eine halbe Million ... Aber ich werde sie drankriegen.

Er wühlte in seiner Anzugtasche. Er zog zwei Fleischerhaken hervor und ließ sie vor meiner Nase gegeneinanderklingen.

Du, Max, du weißt nichts?

Ich erkundigte mich angelegentlich, weshalb er mich aus der Sache hatte heraushalten wollen, indem er diese Casinogeschichte erfand.

Er sagte: Nur so. Aber noch einmal, Max, hast du vielleicht eine Ahnung, wohin sie geflüchtet sein könnten?

Ich fragte ihn meinerseits, weshalb er mir diese Frage stelle und inwieweit mich das beträfe.

Vielleicht, sagte er, haben sie versucht, sich mit meinem Buchhalter in Verbindung zu setzen.

Ich gab keine Antwort. Er ließ mich gehen.

Ich traf Samantha im Sekretariat der Buchhaltung. Ich machte ihr ein Zeichen, mit in mein Büro zu kommen, und öffnete die Tür, um sie hereinzubitten. Dann knöpfte ich meine Jacke auf und lehnte mich mit verschränkten Armen an die Wand. Sie suchte nach Feuer, fand aber keins. Sie warf die nicht angezündete Zigarette in den großen Kristallaschenbecher zwischen meinen Ordnern und sagte: Ich möchte abhauen. Sie setzte hinzu, dass die Sache mit ihrem Vater möglicherweise übel ausgehen könnte.

Ich hatte nur eine Lösung anzubieten: Ich sei bereit, ihr zu folgen, das wisse sie schon seit Langem. Beim kleinsten Wink von ihrer Seite würde ich kündigen. Sie meinte, sie würde allein gehen, das müsse ich verstehen. Ich gab nicht auf: Ich hätte Geld, ich könnte ihr helfen.

Woher hast du das Geld, Max?

Mein Anteil vom Erbe meines Vaters, das Haus, die Schreinerei ... Mit meiner Mutter ist alles geregelt ... Ich komme mit dir, Samantha.

Schlag dir das aus dem Kopf, Max. Ich brauche niemanden.

Eines Tages wirst du deine Meinung ändern, Samantha ...

Sie öffnete eine meiner Schreibtischschubladen. Sie fragte, ob ich nicht irgendwo ein Feuerzeug hätte. Ich suchte zunächst in den Taschen meiner Jacke, vergebens. In diesem Moment entspannte sich die Atmosphäre, und Samantha erklärte, sie müsse ein paar Dinge loswerden und würde das gern jetzt tun. Ich setzte mich auf meinen Stuhl, ohne die Jacke auszuziehen. Ich sagte, ich sei bereit, sie anzuhören.

Sie bat mich, nichts von dem, was ich jetzt zu hören bekäme, weiterzuerzählen. Ich versprach es, meinte aber, Pourcelot wisse sowieso alles über seine Tochter. Sie bestritt das. Vor allem eine Sache wisse er nicht. Dann berichtete sie von der Entführung. Als sie von ihren beiden Entführern sprach, erklärte sie: Es mute im ersten Augenblick wohl seltsam an, aber über die Anwesenheit des einen der beiden sei sie anfangs froh gewesen.

Welchen der beiden meinst du, Samantha?

Den ohne Mütze.

Und was war an dem so Besonderes?

Nichts ... Wir haben geredet.

Was, mit so einem Typen lässt du dich auf ein Gespräch ein ...?

Er hat mich am Leben gelassen, oder etwa nicht?

Eine halbe Million Euro ... Entschuldige, aber ...

Ihre Hand tauchte in den Kristallaschenbecher. Sie fischte ihre Zigarette heraus.

Immerhin war ich ihm ausgeliefert, fügte sie hinzu.

Und der andere? Der mit der Mütze?

Der, ich weiß nicht ... Soll ich dir was sagen, Max? Eine halbe Million Euro, das lässt mich völlig kalt ...

Sie näherte sich mit der Zigarette.

Gib mir Feuer.

Ich streckte die Beine aus, um meine Hosentaschen zu durchwühlen, und brachte ein Streichholzbriefchen zum Vorschein. Sie führte die Zigarette zum Mund.

Eine solche Summe darf man nicht auf die leichte Schulter nehmen, Samantha.

Sie ließ die Zigarette sinken.

Geschenkt, Max ... Es ist interessiert mich nicht.

Sie fragte, ob ich mich jetzt eventuell entschließen könnte, ihr die Streichhölzer zu geben. Ich hielt ihr das Briefchen hin. Sie öffnete es. Es war das Nähset aus dem Sheraton-Hotel. Da richtete sie ihren Blick auf mich, und ich fragte sie, weshalb sie mich so anschaute. Sie wollte wissen, woher ich dieses Briefchen hätte.

Wieso, Samantha?

Was ist das, Max?

Ich muss mich vertan haben ... Bleib sitzen, ich hol dir Feuer.

Ich öffnete meine Schublade. Ich wühlte darin. Ich hielt ihr mein Feuerzeug hin. Sie zündete sich die Zigarette an. Sie nahm das Briefchen und steckte es in ihre Handtasche.

Hattest du mir nicht letzte Woche gesagt, dass dich jemand besuchen käme?

Das habe ich gesagt, ja.

Soweit ich mich erinnere, hatte ich dich gefragt: Ist es jemand von deiner Familie? Darauf hast du Ja gesagt. Damit hast du doch wohl deinen Bruder gemeint, nicht wahr?

Keineswegs. Das hab ich nur so dahingesagt.

Ist er denn nun gekommen, oder ist er nicht gekommen?

Natürlich nicht. Mein Bruder lebt im Ausland.

Wart hier auf mich!

Sie knallte die Tür hinter sich zu.

Ich versuchte mich daran zu erinnern, wie dieses verdammte Briefchen ...

Damprichard trat ein.

Ich ging gleich zum Angriff über.

Was willst du, Jean-Michel?

Wissen, wo du die Nacht verbracht hast.

Das hast du mich doch schon einmal gefragt. In meinem Bett. Wie alle Nächte. Weshalb fragst du das?

Er setzte sich auf die Ecke meines Schreibtischs.

Erinnerst du dich noch an deinen Bruder?

Das geht dich nichts an. Wir sind hier nicht bei der Polizei.

Ich werde Sauvonnet bitten, herzukommen.

Er ging hinaus. Er machte einem Techniker von der Presse, der offenbar als Wachposten diente, ein Zeichen. Sie sprachen miteinander. Er kehrte zurück, ich hatte mich nicht gerührt. Er setzte sich wieder auf den Schreibtisch. Ich machte einen Schritt Richtung Tür.

Er stellte sich mir in den Weg. Bleib, wo du bist, Max.

Ich lehnte mich wieder an die Wand.

Ich verstehe nicht, was du so interessant an mir findest. Mit Pourcelot solltest du reden, nicht mit seinem Buchhalter.

Weshalb sagst du das, lieber Max? Niemand denkt etwas Schlechtes von dir.

Ich sage das, weil du besser anderswo suchen solltest. Im Werk, beispielsweise. Da haben sich zwei Typen die Taschen vollgemacht, wenn ich das richtig verstanden habe, und niemand ist hinter ihnen her. Ein tolles Ding! Und du, du schwatzt mit dem Buchhalter. Da wird sich der Chef aber freuen.

Ach ja? Du meinst also, dass sie bereits abgehauen sind?

Du glaubst doch wohl nicht, dass sie auf euch warten?

Er zog das Nähset hervor.

Wie kam denn das hier in deine Tasche, Max?

Es stammt aus der Jacke eines Arbeiters.

Sein Name?

Das weiß ich nicht mehr. Diese ganzen Ausländer! Es war vor einer Stunde. Er hatte seine Stechkarte verlegt. Ich sagte zu ihm, schaff sie herbei. Er meinte, vielleicht steckt sie in meiner Jacke in der Umkleide. Ich bin dorthin. Ich habe die Jackentaschen durchsucht. Statt der Stechkarte steckte dieses Briefchen darin, ich habe nicht weiter darauf geachtet …

Wessen Jacke war das?

Das weiß ich nicht mehr. Alles, was ich dir sagen kann, ist, dass er in der Tiefziehabteilung arbeitet.

Wie heißt er?

Ich weiß es nicht mehr. Sie heißen eh alle gleich.

Du nimmst seine Stechkarte und hast seinen Namen schon vergessen? Du, der sie alle kennt, die Ausländer?

Ich sage dir doch, dass seine Karte nicht da war. Darum konnte ich auch seinen Namen nicht behalten. Ich sagte ihm, er solle bei mir vorbeikommen, das ist alles.

Damprichard rief den vor dem Büro postierten Techniker. Er sprach noch einmal mit ihm. Er kam zurück und erklärte, er würde alle Syrer aus der Tiefziehproduktion, also den Abteilungen T1, T2 und T3, zusammenrufen und ihnen ein paar Fragen stellen. Ich atmete auf. Er fragte mich, ob ich den Rest des Tages hier oder im Büro des Chefs verbringen wollte, während ich wartete.

Auf was?

Ich werde mit Samantha auf einen Sprung bei dir zu Hause vorbeischauen. Aber erst sind die Syrer dran. Wir kümmern uns um sie.

Du kannst zu mir gehen, wann du willst.

Kennst du den?

Er holte zwei Fotos von Jerry hervor.

Ich zuckte die Achseln.

Wir haben uns diskret beim Zoll erkundigt. Ein Angestellter hat den Namen eines gewissen Jerry erwähnt. Dann hat er uns dieses Foto gegeben. Gegen ein paar Scheinchen ... Nun, Max, sag schon, dass das dein Bruder ist.

Irrtum, Damprichard, mein Bruder hat nie einen Bart getragen.

Du scheinst überhaupt nicht zu begreifen, in was für einer Lage du dich befindest, Max. Aber ich, ich möchte es begreifen. Erklär mir wenigstens, wieso der Zöllner deinen Bruder stark im Verdacht hat, zurückgekommen zu sein, und weshalb es zu Samanthas Entführung kam? Du kannst da keinen Zusammenhang herstellen? Weder in Bezug auf Herrn Salomon Pourcelot noch in Bezug auf seine Tochter?

Ich stelle gar nichts her!

Weil du Herrn Salomon Pourcelot, deinen Chef, nicht kennst? Du weißt nicht, wer das ist?

Ich weiß gar nichts.

Er erhob sich.

Du weißt nicht einmal, wer Herr Salomon Pourcelot ist, dein Arbeitgeber? Du erkennst ihn nicht mehr? Und deinen Bruder erkennst du auch nicht mehr?

Er wedelte mit Jerrys Foto umher. Er hielt es mir vor die Nase. Ich erkannte meinen Bruder, den Bart. Die Afghanenmütze. Er zog das Foto wieder zurück.

Eines sag ich dir, Max, es ist ein großer Fehler, zwei Mörder zu decken, deinen Bruder und den Kapuzenträger … Entweder hilfst du uns, die beiden zu finden, oder ich lasse dich mit Sauvonnet allein.

Wieso meinst du, dass sie noch in der Nähe sind?

Jemand wird sie abholen. Wir wissen noch nicht wer noch wo. Aber wir werden es herausbekommen.

Ich kann dir nur eins sagen, Jean-Michel … Falls mein Bruder in der Gegend ist, wie du meinst, wird er bei mir vorbeikommen … oder bei meiner Mutter im Altersheim …

Ich weiß nicht, Max, ich weiß nicht! Dein Bruder ... in der Gegend ... Bei dir weiß man nie, woran man ist, bei dir und deinen Geschichten ...

Er steckte das Foto wieder in seine Brieftasche und diese in die Gesäßtasche seiner Hose. Pourcelot trat ein und warf seinem Meister einen fragenden Blick zu. Damprichard nickte. Pourcelot zog seinen Hosenbund hoch. Er tat kund, dass er in seinem Büro bleiben und warten wolle. Ich sagte, ich müsse telefonieren. Er erwiderte: Während du deine Anrufe tätigst, bleibt Damprichard bei dir.

Ich muss allein arbeiten, Chef.

Er senkte bloß die Lider. Damprichard legte ihm die Lage dar und fügte hinzu, dass man sich als Allererstes um die Syrer kümmern müsse. Pourcelot meinte, nein, das Wichtigste sei, meinen Bruder zu finden; die Syrer würde er allerdings in den Wartungsraum von T2 bestellen, während er meine Rückkehr abwarte. Damprichard erwiderte, dass dies unmöglich sei, dass er die syrische Spur nicht so ohne Weiteres aufgeben würde und dass ich sie einzeln sehen müsse, um den Arbeiter zu identifizieren, der seine Stechkarte verloren hatte ... Rasch zogen die Bilder durch meinen Kopf. Ich sah den Arbeiter wieder, der den Hochdruckstrahl auf den Kühlergrill des Vel Satis richtete. Ich sagte: Es ist der, der Ihr Auto wäscht, Chef ...! Jawohl ... Da sagte Pourcelot, dass Sauvonnet ihn gnadenlos in die Zange nehmen würde.

Ich betrat das angrenzende Büro. Clotilde war nicht da. Ich vergewisserte mich, dass die Pakete mit den Blankoscheinen da waren. Ich wog sie in der Hand und legte sie an ihren Platz zurück. Ich wählte die Nummer des Altersheims ... Während ich auf das Klingeln wartete, drehte ich mich um und sah, wie erwartet, Damprichard ins Zimmer stürzen. Er fragte, mit wem ich telefonierte.

Mir war, als hätte der Chef mir gestattet, allein zu bleiben, da habe ich mich wohl geirrt ... Aber bitte, setz dich doch, Jean-Michel.

Es dauerte, bis jemand abnahm. Schließlich hatte ich die Sekretärin am Apparat. Sie verband mich mit der Heimleitung. Ich schaute Damprichard an, als sei nie etwas zwischen uns vorgefallen. Der Leiter des Altersheims nahm ab. Ich fragte ihn, ob meine Mutter in letzter Zeit vielleicht Besuch bekommen hätte. Er antwortete, er werde das nachprüfen; unterdessen drückte ich auf die Lautsprechertaste und bemerkte Damprichards Genugtuung. Der Heimleiter nahm das Gespräch wieder auf. Niemand hatte versucht, meine Mutter zu sehen. Ich wollte es genauer wissen und fragte nach, ob nicht zufällig mein Bruder vorbeigekommen sei, um ihr einen Besuch abzustatten; der Heimleiter verneinte. Ich fragte noch einmal nach. Ob er da ganz sicher sei? Er sagte Ja. Ich sagte, ich hätte ein Anliegen, wobei ich Damprichard einen Einverständnis heischenden Blick zuwarf: Ich bat darum, meiner Mutter am heutigen Nachmittag Ausgang zu gewähren, sagen wir, gegen sechzehn Uhr, und sie zu mir nach Hause zu bringen. Der Heimleiter schwieg einen Augenblick lang. Er wolle meiner Mutter die Aufregung eines Ortswechsels nicht zumuten. Ich wies ihn darauf hin, dass laut Vertrag jeder Bewohner einmal im Monat Anspruch auf Ausgang hätte und dass es nun mal heute sein solle, Punktum! Ich wünschte meine Mutter zu sehen ... unbedingt ... Schließlich zahlte ich ja einen Haufen Geld, nicht wahr? Er sagte, ja, Monsieur Capucin. Ich legte auf. Ich sagte zu Damprichard: Wenn mein Bruder erfährt, dass meine Mutter zu Hause ist, wird er kommen.

Wir kehrten in Pourcelots Büro zurück. Ich kündigte an, dass ich jetzt ginge. Der Chef sagte mir, dass ich überwacht würde. Ich sagte, mir ist es egal, ob Jean-Michel mir folgt, aber wenn die Operation gelingen soll, Chef, dann muss ich sie allein durchführen.

Ich überquerte den Hof auf der Seite der Pressen, um zu meinem Fahrrad zu gelangen. Damprichard rief mich zurück. Ich löste die Diebstahlsicherung und kehrte um. Er wollte wissen, was das für ein Gefühl sei, seinen Bruder zu verraten. Ich setzte meinen Weg Richtung Büro fort. Außer Sichtweite übergab mir Clotilde die beiden exakt in die

Satteltaschen passenden Pakete mit den zugeschnittenen Papierbögen; eines für die eine und eines für die andere. Ferner erhielt ich die Olympique-de-Marseille-Tasche Nummer zwei in der Original-Kunststoffhülle sowie die in einen Nylonbeutel gewickelte Pralinenschachtel; das Ganze wurde auf dem Gepäckträger befestigt.

Ich schloss die Satteltaschen wieder. Ich nahm Clotildes Hand und drückte sie fest. Sie wies mich darauf hin, dass die ausländischen Arbeiter diesen Monat und auch nächsten Monat keinen Lohn bekämen und auch im letzten Monat keinen bekommen hätten. Sie meinte noch, sie wüssten es noch nicht, aber sie würden auch ausgewiesen.

Ich antwortete, ich wüsste Bescheid, da ich die Namenliste selbst geschrieben hätte, und dass es mir egal sei. Es sei gut, wenn sie nach Hause zurückkehrten, um Frau und Kinder zu sehen. Nicht jedem sei das Glück beschieden, eine Familie zu haben, die ihn daheim erwarte.

Ich dankte ihr und sagte, bis Sonntag, bevor ich wieder zu Samantha ging, die mich nochmals fragte, wie ich an dieses Nähset gekommen sei. Ich erzählte meine Geschichte von dem Arbeiter mit der verlorenen Stechkarte. Ich fügte hinzu, dass Sauvonnet mit ihm reden und seine eigene Untersuchung durchführen würde. Ich setzte noch einen drauf: Damprichard habe recht, denn man müsse in dieser Richtung suchen. Sie nickte zustimmend. Es tat mir gut, dass sie meiner Meinung war. Zumindest in diesem Punkt.

Aber das war noch nicht alles: Sie wollte ihren Entführer wiedersehen. Sie würde alles Gold der Welt dafür geben. Ich fragte sie, weshalb. Wobei ich sie darauf hinwies, dass es zu spät sei, dass er sicher die Grenze überquert habe. Sie sagte, nein, das ist unmöglich, ich bin sicher, er ist noch hier. Sie stand auf, warf einen Blick in Richtung väterliches Büro. Sie erklärte, dass ich von Glück reden könne, dass ich noch am Leben sei, denn wenn sie gewollt hätte, hätte sie Damprichard in Sachen Nähset auf die richtige Spur bringen können.

Ich machte ihr einen Vorschlag: Komm heute Nachmittag zu mir, Samantha. Sieh zu, dass du allein bist. Ich legte eine Uhrzeit fest. Vielleicht können wir etwas erreichen. Sie fragte mich, was. Ich stieg auf mein Fahrrad und zog die Handschuhe an. Man weiß nie, Samantha, sagte ich zu ihr, vielleicht … ist der, den du gern wiedersehen möchtest … heute Nachmittag in der Gegend …

Jerry sah mich heimkommen. Er verließ seinen Platz auf dem Speicher, von wo aus er die Nationalstraße überwacht hatte. Er teilte mir mit, dass er gehe. Ich werde abgeholt ... mit dem Auto ... erklärte er. Ich fragte ihn, wie er es anstellen wolle, Pourcelot zu entkommen. Er blieb vage.

Und wenn's schiefgeht, Jerry?

Er wischte meine Bemerkung weg. Er sagte: Alles ist bereit, und zeigte mir seinen Rucksack vor der Spüle. Er sagte noch, dass er sämtliche Spuren beseitigt habe und dass dieser Rucksack verschwinden müsse.

Wo gehst du hin, Jerry?

Er schaute auf die Uhr und holte das Mobiltelefon aus der Tasche.

Wo ich hingehe, geht niemanden etwas an. Nicht mal dich, Max. Das habe ich dir doch schon hundert Mal gesagt.

Er drückte eine Taste. Ich ließ ihn telefonieren und ging derweil in die Werkstatt meines Vaters, öffnete die Satteltaschen, nahm die beiden Pakete mit den in Zeitungspapier gewickelten falschen Scheinen heraus und verstaute sie in der Olympique-de-Marseille-Tasche Nummer zwei, die ich zusammen mit der Pralinenschachtel neben ihrer Zwillingsschwester unter der Klappe deponierte. Ein paar Minuten später kam mir Jerry auf den Hof nach.

Papas Motorrad mit Beiwagen, ist das eigentlich noch da?

Warum sollte es nicht mehr da sein?

Er ging in die Garage. Er öffnete die Doppeltür. Ich zog eine Plastikplane ab und enthüllte den staubigen Tank des Motorrads, das Papa dreißig Jahre zuvor gekauft hatte.

Du hast doch wohl nicht angenommen, dass du damit sofort losbrausen kannst, Jerry, oder? Soll ich dir nicht lieber ein Taxi bestellen? Besser noch, ich rufe Pourcelot persönlich an, wenn du willst. Der ist zurzeit richtig gut drauf... Apropos, soll ich bei ihm vielleicht einen Wagen vom Kundendienst ausleihen?

Mein Bruder war bei dem Motorrad stehen geblieben. Ohne ein Wort zu sagen. Ein Auto war zu hören. Ich sagte: Das sind Pourcelots Männer! Ich riet ihm, durch die Werkstatt zu fliehen.

Der Clio fuhr durch die Schranke und hielt mitten auf dem Hof. Samantha stieg aus. Ich blieb hinten in der Garage zurück, um sie besser hören zu können. Sie sprach mit Jerry. Am Schluss sagte sie, sie könne ihn über die Grenze bringen. Er fragte mit lauter Stimme, ob sie verrückt geworden sei.

Ich tue es für dich, Jerry. Mein Vater wird gleich da sein.

Ich trat aus der Garage heraus und stellte mich zwischen die beiden, mit dem Rücken zu Samantha.

Du musst weg von hier, Jerry. Nimm Samanthas Angebot an. Dein Kumpel kann dann nachkommen. Ich werde mit ihm sprechen.

Er holte sein Handy heraus. Er wandte sich ihr zu, bat sie zu warten, ohne sich vom Fleck zu rühren … Und begann im Gehen in den Apparat zu sprechen. Er ging bis zum Küchenfenster. Dann kam er zurück.

Gib mir die Sporttasche, Max.

Ich holte Olympique de Marseille unter der Klappe hinter der Hobelbank hervor. Eine Sekunde lang schwankte ich zwischen den Zwillingen. Ich traf meine Wahl. Weil ich im Voraus wusste, was geschehen würde. Und es geschah: Als ich zurückkam, ging Jerry in die Hocke und öffnete die Tasche. Beim Anblick der Scheine nickte er.

Ich spielte den Entrüsteten: Wieso tust du das, Jerry? Wieso schaust du nach?

Er grub mit der Hand im zweiten Stapel, dann im dritten, und griff sich auf gut Glück ein weiteres Paket. Er zerriss die Banderole und wedelte mit den Scheinen, wobei er Samantha anblickte, die immer noch schwieg. Als hätte sie dieses Geld nie im Tresor ihres Vaters liegen sehen.

Ich beugte mich zu ihm hinunter: Welch ein Vertrauensbeweis, Jerry. Ich danke dir.

Er richtete sich auf. Ich fasste ihn am Parkaärmel.

Hast du vielleicht geglaubt, ich würde dir zweihundertfünfzigtausend Euro klauen?

Motorengeräusch war zu hören. Es kam von der Straße. Diesmal war es ein hubraumstarkes Auto. Jerry drückte sich dicht an die Garagenwand und riss Samantha mit sich. Ein Datsun Pick-up hielt am Rand der Nationalstraße, auf der Höhe des Weges. Ich erkannte Pourcelots Männer auf der Ladefläche. Sauvonnet war aufgestanden. Ich identifizierte ihn anhand seiner schwarzen Mütze. Er blickte in Richtung Haus, den Kolben seiner Pumpgun auf der Hüfte, den Lauf erhoben. Ich dachte, das ist meine Chance. Meine letzte.

Ich sagte: Beeil dich, Jerry! Dann nahm ich die Tasche. Mein Bruder war auf dem Sprung. Er lief am Zaun entlang, mit offenem Parka durch den Wind. Er zog seine Desert Eagle. Mit der anderen Hand hielt er Samantha, die sich gebückt führen ließ, am Handgelenk. Der Wagen rollte zögernd an der Einfahrt zum Weg vorbei. Dann entfernte er sich.

Ich hielt Jerry Olympique de Marseille unter die Nase. Ich sagte: Du kannst das Geld nicht mitnehmen. Das ist zu riskant. Ich werde es dem geben, der dich abholen kommt. Beeil dich, Jerry, hier wird's zu brenzlig.

Er dachte kurz nach. Er gelangte zu der Schlussfolgerung, dass die Tasche Pourcelot in die Hände fallen würde. Er sagte: In Ordnung. Du gibst meinem Waffenbruder die Tasche.

Nur eines noch. Ich kenne deinen Waffenbruder nicht. Woher weiß ich, dass es der Richtige ist?

Er wird dir meinen Vornamen sagen. Er wird dir eine Beschreibung der Sporttasche geben.

Wie heißt er?

Keine Ahnung.

Ich konnte mir das Lachen nicht verkneifen.

Wieso lachst du, Max?

Ich lache nicht, Jerry, aber du hast gesagt: Er ist mein Waffenbruder. Und kennst nicht mal seinen Vornamen. Dann ist er auch nicht dein Waffenbruder.

Sei still, Max. Ich kenne seinen Vornamen nicht, das ist alles. Vielleicht weiß ich Bescheid. Vielleicht nicht. Möglicherweise ist es ein Freund. Möglicherweise habe ich ihn nie gesehen. Einem Schläfernetz kann jeder x-Beliebige angehören. Dich geht das nichts an. Du brauchst nur zu wissen: Ein Schläfernetz ist geweckt worden, und jetzt muss man es aktivieren. Du brauchst den Namen des Typs nicht zu kennen. Es ist besser für dich, Max ... Also, du gibst ihm die Tasche. Du sagst ihm: Jerry wartet hinter der Grenze auf dich. Wie geplant. In zwei Tagen. Zur vereinbarten Zeit am vereinbarten Ort. In Genf. Er weiß dann Bescheid. Nenn ihm ruhig meinen Namen.

Und wo findet das Treffen statt, Jerry?

Auch das erfährst du nicht. Das ist nicht nötig. Er weiß Bescheid. Du verbrennst meine Reiseklamotten. Auch den Rucksack, den wirfst du mit den Kleidern in den Ofen.

Er trat ein paar Schritte zurück. Er sprach leise mit Samantha. Er nahm sein Handy, telefonierte, gab ein paar Anweisungen, steckte das Handy dann wieder ein. Er kam wieder.

Pourcelot liegt an der Straße zur Grenze auf der Lauer, sagte er. Da kommen wir nicht durch. Das brauchen wir gar nicht erst zu versuchen. Auf Skiern auch nicht ... Er dachte nach ... Ich werde im Sägewerk bleiben. Zumindest heute Nacht. Danach weiß ich nicht ... Bald wird man von mir sprechen, Max ...

Wo denn?

In den Zeitungen ...

Dann werde ich also an uns denken? An uns alle? An Papa? An Mama?

Du wirst an niemanden denken, kleiner Bruder! Die Ohren werden dir klingen vor lauter Explosionen.

Da unten? Dort, wo du hingehst ...? Am anderen Ende der Welt?

Nein, mein kleiner Max. Gar nicht so weit weg ... Hier, das schenk ich dir ...

Er gab mir ein Foto. Ich schaute es an. Der Papierabzug erinnerte mich an eine gläserne Kathedrale.

Dieses Hochhaus kenne ich nicht, Jerry.

Aber ich.

Er öffnete seinen Parka, als wolle er mir sein Herz zeigen. Ich sah sein Herz. Er flüsterte. Schau gut hin, da drinnen, in zwei Tagen: Sprengstoffgürtel.

Samantha war näher gekommen und fasste ihn am Arm. Sie öffnete die Tür des Clio.

Ich sagte: Das geht zu schnell, Jerry, alles geht zu schnell.

Küss Mama, Max. Sag ihr einen Abschiedsgruß von mir.

Ich sah sie ins Auto steigen. Samantha fuhr los. Die Vorderreifen drehten im Matsch durch und schleuderten Erdklumpen durch die Luft. Auf halbem Weg, inmitten der Pfützen von geschmolzenem Schnee, bremste das Auto ab. Jerry ließ die Scheibe ein Stück herunter. Er schrie mir etwas zu. Ich verstand nicht, was er sagte, und zuckte die Achseln. Da hielt der Clio an. Ich lief bis zur Beifahrertür. Er ließ die Scheibe ganz herunter.

Pass auf die Sporttasche auf, Max!

Sie hat dich tatsächlich Jerry genannt.

Von wem sprichst du?

Von Samantha.

Weil sie mich Jerry genannt hat?

Ja, weil sie dich Jerry genannt hat. In meiner Gegenwart. Und wenn sie das getan hat, dann heißt das, dass sie deinen Vornamen kennt. Ich frage mich, woher sie den weiß. Denn ich habe dich nie beim Vornamen genannt.

Keine Ahnung.

Gestern Nachmittag habt ihr hier immerhin einige Zeit miteinander verbracht, nicht wahr? Da konnte sie ohne Weiteres das eine oder andere in Erfahrung bringen.

Und was hätte sie ohne Weiteres in Erfahrung bringen sollen?

Deinen Vornamen. Ganz einfach.

Du spinnst, Max.

Sie wird doch wohl kaum von allein drauf gekommen sein, oder?

Ich umrundete das Auto. Er beugte sich zu Samantha hinüber. Er befahl ihr loszufahren. Da stellte ich mich breitbeinig vor den Kühler und versperrte ihnen den Weg. Sie legte den ersten Gang ein, ohne jedoch die Kupplung loszulassen. Der Motor heulte auf. Sie nahm den Fuß vom Gas. Jerry schob eine Schulter durch das offene Fenster.

Du bist verrückt geworden, Max! Du weißt, dass ich wegen meinem Bruder keinen Ärger haben möchte.

Dann hör mich an, wenn du keinen Ärger haben willst.

Weshalb stellst du mir all diese Fragen? In einem solchen Moment?

Ich stelle sie nicht dir, Jerry. Ich stelle sie mir. Ich möchte gern wissen, wie sie deinen Namen erraten konnte, Jerry ... Sie hat dich nie zuvor gesehen. Ich frage mich ganz einfach: Wie kann eine Frau, die sich in Gesellschaft eines Unbekannten befindet, der ihr seinen Vornamen nicht mitteilt, ins Schwarze treffen? So ganz wundersamerweise? Sie muss wirklich äußerst begabt sein, oder?

Hau ab, Max, zum letzten Mal!

Ich finde, dieses Mädchen ist ungeheuer begabt.

Der Motor lief in Zeitlupe. Er öffnete die Tür und redete mit mir, stieg jedoch nicht aus.

Du weißt, dass ich weg muss, Max.

Ich hindere dich nicht, Jerry, ich versuche nur zu verstehen. Du musst zugeben, dass das geradezu unglaublich ist. Wirklich, ich fasse es nicht.

Du machst dich unglücklich, Max.

Ich? Mich unglücklich machen? Weshalb sollte ich mich unglücklich machen? Im Ernst, Jerry, du glaubst doch wohl nicht, dass ich fähig bin, mich derart zu quälen? Hier, vor unserem Elternhaus? Mitten auf diesem Weg? Wie soll ich mich denn deiner Meinung nach unglücklich machen …? Nein … Ich habe mich lediglich gefragt …

Hör auf, Max, es hat doch keinen Sinn. Es ist vorbei. Das weißt du.

Ich sage dir, dass ich mich noch nie so gut gefühlt habe, ich schwör's dir, Jerry.

Hör zu: Sie kennt mich nicht, sie hat mich nie gesehen. Sie bringt mich über die Grenze. Das ist alles.

Er stieg aus. Er fasste mich sanft an der Schulter. Ich spürte, wie er mich auf die Seite führte. Plötzlich stand ich am Rand des Weges im Schneetreiben. Er setzte sich wieder neben Samantha. Die Tür schlug zu. Das Auto entfernte sich holpernd durch die Spurrillen. Ich lief hinter ihnen her. Bis zur Nationalstraße. Um ihnen zu winken.

Ich kehrte in die Werkstatt zurück und hob die Klappe. Ich öffnete Olympique de Marseille Nummer zwei und legte Kleider und Kulturbeutel aus Jerrys Rucksack zu dem Stapel mit den falschen Scheinen.

Dann packte ich hastig Nachthemden, Unterröcke und Blusen meiner Mutter aus dem Spiegelschrank in der Abstellkammer auf die echten Geldscheine von Olympique de Marseille Nummer eins. Darauf die am Vorabend von Clotilde erstandene Pralinenschachtel. Bei der mit Scheinen gefüllten Manchester-Tasche ging ich genauso vor, doch diesmal mit meiner eigenen Unterwäsche, Hosen und ein paar Hemden.

Dann wartete ich.

Zunächst auf den Krankenwagen, der meine Mutter brachte, die in ihrem alten Kostüm, aber mit neuer Dauerwelle neben dem Krankenpfleger saß, der eine ärmellose khakifarbene Steppweste über dem Kittel trug. Ich sagte dem Pfleger, ich hätte mich umentschieden. Er antwortete: Das macht nichts, Monsieur Capucin, sie vergisst sowieso alles. Dann fragte er mich, ob wir am nächsten Tag wie vorgesehen nach Nizza führen.

Ich antwortete: Ja, ans Mittelmeer.

Er sagte: Das wird ihr guttun, die Seeluft ... Sechs Monate ... Sie ist reisefertig.

Ich sagte nichts dazu. Ich redete einen Moment lang mit meiner Mutter. Sie antwortete mir nicht. Sie blickte starr vor sich durch die Windschutzscheibe. Ich sagte zu dem Pfleger: Dann eben nicht. Bis morgen früh also. Ich wies auf Olympique de Marseille Nummer eins und Manchester United.

Ich sagte: Das sind ihre Anziehsachen. Für die Reise. Ich wäre Ihnen dankbar, wenn Sie darauf aufpassen würden. Wir fahren morgen nach dem Frühstück. Die beiden Taschen kommen zu ihrem übrigen Gepäck.

Ich stellte die beiden Taschen auf die Motorhaube des Krankenwagens. Ich öffnete Olympique de Marseille Nummer eins und zeigte dem Pfleger, sie ganz behutsam berührend, die Sachen meiner Mutter, die Blusen, die Unterkleider, die Röcke, und zwischen den Nachthemden versteckt die als Geschenk verpackte Pralinenschachtel.

In dieser Tasche ist nichts Interessantes, aber vielleicht kann das in ihr einige Erinnerungen wecken ...

Ich nahm die Schachtel heraus und gab sie dem Pfleger. Hier, das ist für Sie, als kleine Aufmerksamkeit, weil Sie sich so gut um sie kümmern.

Ich gab ihm auch noch einen Zweihundert-Euro-Schein dazu. Dann befestigte ich zwei Vorhängeschlösser an den Reißverschlussösen.

Der Pfleger verstaute die Taschen hinten im Auto. Er grüßte mich höflicher als sonst und warf mir verstohlen einen dankbaren Blick zu. Er meinte, er würde die beiden Taschen in das Zimmer meiner Mutter stellen. Ich bräuchte sie nur zusammen mit den Koffern zu holen. Dann fuhr er los, wobei er mir winkte und kurz auf die Hupe drückte.

Jerrys Waffenbruder ließ nicht lange auf sich warten. Er parkte seinen Lieferwagen, der einem Gebäudereinigungsservice gehörte, mitten im Hof und krempelte beim Aussteigen seine Hosenbeine hoch. Er trug einen Kittel mit einem Gürtel aus graublauer Baumwolle, darüber einen schwarzen Pullover sowie Halbstiefel mit Profilsohle. Er blickte sich um. Ich ging hinaus. Er fragte mich, ob ich Max sei – ich nickte. Er erklärte, ich hätte wohl etwas für ihn. Ich verschränkte die Arme.

Was soll ich für Sie haben?

Er sagte: Eine himmelblaue Reisetasche von Olympique de Marseille.

Ich zeigte auf Olympique Nummer zwei vor der Spüle. Er öffnete sie. Hastig. Er bat mich um ein Messer. Ich gab ihm den Brieföffner. Er warf Jerrys zusammengeknäulte Hemden und den Kulturbeutel aus der Tasche. Dann riss er ein erstes Paket auf und warf es samt Brieföffner auf die Fliesen, dann ein zweites und drittes. Die von Clotilde zugeschnittenen weißen Bögen wirbelten durch die Küche. Er zog seine Waffe. Er packte mich am Kragen.

Ich sagte: Ich weiß von nichts.

Er bohrte mir den Lauf der Waffe unter den Unterkieferknochen. Ich sagte, ich könne Jerry anrufen, wenn er wolle. Er ließ los, und ich nahm das Telefon. Ich wählte die Nummer und sagte Hallo. Er riss mir den Apparat aus der Hand und hob den Hörer ans Ohr, wobei er die Waffe sinken ließ. Dann hob er sie wieder.

Er antwortet nicht. Hinterlass ihm eine Nachricht.

Können Sie das nicht selbst?

Nein. So weiß er, dass du noch lebst. Du sagst ihm, dass ich das Geld nicht habe. Dass ich nicht die Absicht habe, mich hereinlegen zu lassen.

Ich nahm den Apparat. Die Wahlwiederholungstaste. Die Mailbox. Ich sagte: Jerry, wo ist das Geld? Was hast du damit gemacht? Vor mir steht der Mann von der Gebäudereinigung.

Er unterbrach mich: Sag ihm, der Große Dédé ist hier.

Ich sagte es.

Er sah sich um. Er fuhr fort: Wir haben uns in Peschawar kennengelernt.

Ich legte den Hörer auf. Ich sah zum Großen Dédé auf.

Es hat keinen Zweck, er ist weg. Sie werden ihn nicht wiedersehen.

Völlig außer sich blickte der Mann hierhin und dorthin. Er rief: Das ist doch nicht möglich! Er drückte mich mit ausgestrecktem Arm rücklings an die Wand. Dann hielt er mir den Lauf seiner Waffe an die Schläfe.

Das Geld. Schnell. Du bist sein Bruder. Du weißt, wo er ist.

Ich sagte: Ich habe das Geld nicht. Ich weiß nicht, was da passiert ist ...

Passiert ist, dass er versucht hat, mich reinzulegen. Du kommst mit mir. Wir werden das regeln.

Er schob mich über die Schwelle und befahl mir, mich nicht zu rühren. Dann begann er alles zu durchsuchen, unter der Spüle, in den Schränken. Er öffnete die Türen der Anrichte und fegte mit dem Handrücken einen Stapel Steingutteller heraus, die meiner Mutter gehörten. Der Stapel zerschellte auf den Fliesen. Er musste begriffen haben, dass das Geld nicht da war.

Wo ist dein Bruder jetzt?

Ich kann es Ihnen nicht sagen ... Na ja ... ich glaube ... nicht weit weg von der Grenze.

Wo ...?

In einem Sägewerk.

In welchem?

Zwei Kilometer. Das Sägewerk. Auf der rechten Seite, am Ende der Stadt, Richtung Schweizer Grenze. Das erste Gebäude hinter der Tankstelle, Sie können es nicht verfehlen.

Ein Sägewerk erkenne ich. Ist er allein?

Sie sind zu zweit. Er und die Frau. Sie hat das Geld, glaube ich. Sie fährt einen Renault Clio.

Farbe?

Weiß.

Ich fügte hinzu, dass mich die ganze Geschichte nichts anginge. Dass ich nichts wüsste.

Dann sagte er, dass es das Beste für mich sei, wenn ich ihm nie mehr über den Weg liefe. Er nahm die Sporttasche, machte auf dem Absatz kehrt und rannte zu seinem Auto. Der Lieferwagen brauste los, inmitten einer Schlammfontäne.

Ich rief Pourcelot an. Ich teilte ihm mit, dass ein mit einem Arbeitskittel bekleideter Unbekannter hier beim Sägewerk spazierenführe, und zwar in einem Gebäudereinigungsauto, das im Département Drôme zugelassen sei, darin eine blaue Sporttasche von Olympique de Marseille voller Geldscheine. Der Entführer mit der Kapuzenmütze, das sei er.

Pourcelot dankte mir. Er sagte, dass er hinter jedem Sägespan einen seiner Männer postieren würde, dass der Dreckskerl im Gebäudereinigungsauto sich an diese Reise erinnern würde, dass er Bekanntschaft mit den Tiefziehpressen machen würde. Dass die Nacht lang werden würde.

Ich dachte an Jerry. Ich nahm mein Fahrrad und fuhr durch den Schnee zum Sägewerk. Im Hof ließ ich den Lenker los. Das Rad rollte einige Sekunden lang allein und kippte dann. Es beendete seine Fahrt an einem Holzstoß. Ich begann zu rennen.

Jerrys Leiche lag zwischen zwischen zwei Bretterstapeln neben der Bandsäge. Die Sägespäne nahmen sein Blut auf. Ich stürzte zu ihm hin. Ich nahm seinen Kopf in meine Hände, drückte ihn an mich und sagte ihm, dass er niemals hätte zurückkehren dürfen. Ich küsste auch Samanthas Gesicht, das bereits vom Schnee bedeckt war.

© der deutschen Ausgabe: Verlag Antje Kunstmann GmbH, München 2012
© der Originalausgabe: Les Editions de Minuit, Paris 2010
Titel der Originalausgabe: *Enlèvement avec rançon*
Umschlaggestaltung: Geviert – Christian Otto, München
Typografie + Satz: www.frese-werkstatt.de
Druck und Bindung: Freiburger Grafische Betriebe
ISBN 978-3-88897-750-3
1 2 3 4 5 • 15 14 13 12